目次

第一話　大山鳴動《たいざんめいどう》

一幕

時は天保《てんぽう》三年の秋。

当節、江戸の風流人の間で評判が高いのは、一昨年、上野《うえの》・不忍池《しのばずのいけ》の池畔《ちはん》である池之端《いけのはた》に家元の看板を掲げた、嵐山流《あらしやまりゅう》という茶道《さどう》の流派であった。

宗匠《そうしょう》である岩倉渡月斎《いわくらとげっさい》は、もとは京都《きょうと》の公家《くげ》だったが隠居して江戸にくだってきたという触れこみで、闘犬《とうけん》のようないかつい顔をしている。

とても、京風の雅《みやび》な茶人には見えない。

その渡月斎には、佐知子《さちこ》という自慢の娘がいる。

『まず間違いなく江都《こうと》、随一《ずいいち》の美形だろう』

と、門人たちからも出入りの商人たちからも、憧憬《どうけい》の目で見られている佳人《かじん》で、この佐知子が漂わす優美と典雅《てんが》が、この新興流派の人気を下支えしていた。

佐知子は、同じ嵐山流を名乗る華道《かどう》の娘宗匠でもある。

そんな嵐山流本家の裏の勝手口から、三十路《みそじ》前の若い男が現れて、

「渡月斎の爺《じい》さまは、おかんむりや。あぁ～難儀やで」

しきりに小首を傾《かし》げながら、湯島《ゆしま》の方角に歩きだした。紺木綿《こんもめん》のお仕着せを着た、商家の手代風《てだいふう》の男である。

とぼとぼと、湯島切通《きりどお》しと呼ばれる坂道をあがっていく。

あがりきって左に曲がった妻恋町《つまごいちょう》にある三四郎長屋《さんしろうながや》をのぞくが、お目当ての八瀬《やせ》三四郎《さんしろう》は不在だった。

「やれやれ、三四郎さまは、また柳橋《やなぎばし》の九重《ここのえ》で女将《おかみ》と三味線《しゃみせん》の稽古《けいこ》かいな。ほんまに呑気《のんき》やな。あれでよく天子《てんし》さまの勅命《ちょくめい》をうけたまわる、近衛同心《このえどうしん》が務まるもんや」

湯島の台地の上から、不忍池を見おろす。

嵐山流本家のある池之端の家並みを眼下《がんか》におさめて、凡平《ぼんぺい》は少しだけ気分がよくなった。

妻恋坂をすたすたくだり、食い物屋の多い神田明神下《かんだみょうじんした》の通りに出た。

昼飯の時分刻《じぶんどき》が近かった。蕎麦屋《そばや》や鰻屋《うなぎや》の店先から漂ってくる香ばしい汁や、甘辛いたれの匂《にお》いに心そそられたが、どうせなら三四郎に奢《おご》らせようと、腹をさすりつつ我慢した。

すぐに神田川《かんだがわ》に面した丁子道《ていじみち》に行きあたり、左に折れた。筋違橋《すじかいばし》、和泉橋《いずみばし》と、次々に現れる橋をぼんやりと目にとめながら、東を指して歩いた。

右手に、船宿が集まる柳橋が見えてきた。

船宿・九重は、表向きは二階屋だが、中は三階建てである。暖簾《のれん》を出しているのは往来に面した二階で、一階からは神田川に漕《こ》ぎだす船寄せに出られ、客が芸者などと遊ぶ座敷は三階に並んでいる。

三四郎は九重の三階のどんづまりの座敷を、根城にしているのだった。

「ごめんやす」

と帳場にひと声かけた凡平は、階段を駆けあがった。

とんとんとん、とん、ちきっと、とん〜
雪は巴《ともえ》に降りしきる　屏風《びょうぶ》が恋の仲立ちに
蝶《ちょう》と千鳥《ちどり》の三つ巴〜

冴《さ》えた三味の音締《ねじ》めに、張りと艶《つや》のある声が響いてきた。なんとも乙《おつ》な端唄《はうた》の弾き唄いである。やはり、女将のおりきと、三味線の稽古でもしているのだろうか。

おりきは四十路《よそじ》前の大年増《おおどしま》だが、小股《こまた》のきれあがった美形で、このところ三四郎が入れこんでいる。

「やれやれ、たしかにいい女やけど、岩倉の佐知子嬢《とう》さんのほうが、ずっと愛らしくて品があるわ」

襖《ふすま》の前で、凡平はそうひとりごちた。佐知子が三四郎にひそかに思いを寄せていることは、嵐山流本家では公然の秘密であった。

それなのにいま三四郎の根城からは、おりきの艶っぽい端唄と三味線の音が聞こえてきている。

「野暮は百も承知やけど、入りまっせ」

そうひとこと告げて、凡平は無造作に障子《しょうじ》を開けた。

「なんだ、凡平、もう朝か」

寝床から間延びした声がした。

「あほくさい、もう昼の時分刻でっせ」

凡平は、三四郎が寝床でくるまっている掻巻《かいまき》をひっぱがした。

「寒いぞ、おい」

布団の上にあぐらをかいた三四郎は、まぶしそうに窓辺に目をやった。

「なんだ、女将もいたのか。どおりでな、季節外れの鶯《うぐいす》が鳴く夢を見ていたところだった」

なんと三四郎は、一張羅《いっちょうら》である羽二重《はぶたえ》の小袖《こそで》を着たまま、昼まで朝寝を決めこんでいたようだ。

どうやら、呆《あき》れた女将のおりきが目覚ましのつもりで、弾き唄いをしていたようである。

「凡平さん、いいところに来てくれました。あとはお頼みしましたよ」

おりきは紺羽二重の羽織《はおり》を三四郎の背中にかけると、柳腰を振ってあっさりと出ていった。

「さぁ、三四郎さま。ずるけとる場合やあらへんで。お茶《ぶう》を一杯飲んだら行きまひょ」

凡平は枕元の急須《きゅうす》から冷めた茶を注《つ》いで、三四郎に勧めた。

「渡月斎さまがお待ちかねや。三四郎を一刻も早く呼んでこいと、しゅんしゅんと頭から湯気が出るほど、いきりたっておられましたで」

「渡月斎さまだと……あの爺さまがこの俺に、いったいなんの用かな」

「へっ？」

このひとことには、さすがの凡平も面食らった。

「ええでっか。渡月斎さまはわてら遣東使《けんとうし》の別当《べっとう》、つまりは頭目《とうもく》でっせ。三四郎さまはその配下の近衛同心や。上皇《じょうこう》さまの密命で、この江戸に潜入した朝廷の密偵《みってい》……幕府で言えば、御庭番《おにわばん》だす」

凡平が説教を垂れはじめた。

「そうだったな。いま思いだした。いかにも、俺は光格帝《こうかくてい》から離宮衛士《りきゅうえじ》の役目を授かっていた」

三四郎はぶるぶると頭を振って、両手で大きく伸びをした。離宮とは、光格帝の愛する比叡山《ひえいざん》のふもとの修学院離宮《しゅうがくいんりきゅう》。衛士とは門番のことだ。

「そうだす。それを三四郎さまが江戸に出てくるなり、同心とついたほうが聞き映えはええし、女子衆《おなごしゅう》にもてるやろと、勝手に近衛同心と役名を変えてしまったんや。上皇さまからたまわった役名をでっせ」

「それは違うぞ」

鏡に向かって八丁堀風《はっちょうぼりふう》の小銀杏髷《こいちょうまげ》を整えながら、三四郎は言下に発した。

「俺は、おりき女将の勧めで、九重同心と名乗るつもりでいたのだ。九重だけでなく、この柳橋界隈《かいわい》の船宿全部の用心棒《ようじんぼう》になってくれと、そう頼まれたからな」

どこまで本気かわからぬ顔で、三四郎は続けた。

「それをあの爺さまが、耳が遠いせいなのか、近衛同心と聞き間違ったのだ。爺さまも、たしかに江戸では同心のほうがしっくりするな、とうなずいておった」

「そんなこと、どうでもよろし」

凡平は、鏡台の前に座りこんでいる三四郎の襟《えり》をつまんだ。

「渡月斎さまの様子は、ただ事ではあらへんかった。朝廷と幕府の間に、よんどころない大事が起きたのに違いないわ。三四郎さま、お気張りやす。東西が手切れとなるかならぬかは、あんたはんの活躍しだいでっせ」

二幕

ようやく小銀杏髷を整えた八瀬三四郎は、羽二重の小袖に三つ紋《もん》つきの紺羽織を重ねた。

羽織は裾《すそ》をめくりあげて端《はし》を帯にはさみ、俗にいう巻き羽織にした。遠目に見れば、たしかに町方の同心風だ。

このまま廻り方の同心のように着流しで歩きたかったのだが、出がけにあたって凡平にうるさく言われ、袴《はかま》をつけた。

神田川を左手に見て、颯爽《さっそう》と歩きだした。

暮らしぶりはだらしないが面構《つらがま》えはあり、眉《まゆ》のあがった美丈夫《びじょうぶ》である。

本人は同心を気取っているものの、紋付袴で白革《しろかわ》の鼻緒《はなお》をつけた草履《ぞうり》を履《は》くと、町同心というよりも、むしろ与力に見える。

一方の凡平は、三文で二束が買えそうな安草履で、ぱたぱたと地面を叩《たた》いて歩く。

諸事、飲みこみが悪く、勘違いばかりして目を点にしているので、点違いの凡平というのが仇名《あだな》だが、三四郎とは馬が合う仲だった。

柳橋の九重をあとにしたふたりは、西を指して進み、昌平橋《しょうへいばし》が見えてきたところで右に折れた。

「やれやれ、行ったり来たりで難儀やなぁ」

明神下の賑《にぎ》わいのなかで、凡平は嘆《なげ》いた。

「三四郎さまは朝飯も食べてへんのやろ。その辺で奈良茶飯《ならちゃめし》でもどうだす」

「本家はもうすぐだぜ。爺さまが、鰻でもとってくれるんじゃないか」

「めっそうもない。あの渋ちんに、蒲焼《まむし》なんぞ呼ばれたことなんてあらへんわ」

凡平は鼻先で手を振った。

「ところで凡平、今日の用件について、おまえはなにか聞いてないのか」

三四郎が本家に顔を出すのは、ひと月ぶりだった。

「それが、わてもくわしくは聞かされておらんのですわ」

凡平も気がかりそうに応じてきた。

「けれんど、嬢《とう》さんからちらっと聞いた話では、なにやらけったいな客がやってきよって、爺さまにけったいなもんを買《こ》うてほしいと、そう頭をさげてきたようだす」

けったいとは怪体《けったい》で、変てこりんという意味だ。

「茶道具の類《たぐい》かなぁ。瘦《や》せても枯れても、あの爺さまは茶の宗匠だ。相応の目利きだろうからな」

「とんでもないことや」

凡平はわざわざ立ち止まって、腹を揺すって笑った。

「あの爺さまにできるのは、自在に丁の目、半の目が振りだせそうな賽子《さいころ》の鑑定ぐらいでっせ。なにせ岩倉村のお屋敷では、毎晩のように御開帳だったそうやから」

貧乏公家である岩倉家では、賭場《とば》用に座敷を貸して生活の足しにしていると、京ではもっぱらの噂《うわさ》だった。

小半刻《こはんとき》足らずで、ふたりは嵐山流本家の近くまでやってきた。

上野広小路《ひろこうじ》・山下《やました》の盛り場の喧騒《けんそう》からは少し距離がある池之端の界隈は、いたって物静かで平穏だった。

「なんにしても、東西の手切れとなるような重大事とは思えんがなぁ」

三四郎があくびをすると、

「おっと、三四郎さま」

本家の堅板塀《かたいたべい》が見えてきたところで、凡平が袖を引いた。

「大坂《おおさか》冬の陣《じん》、夏の陣とまではいかへんけど、ちょっとした騒動が起きとるようでっせ」

凡平が指さす先で、数人の男たちが睨《にら》みあっていた。

「どちらのご家中かと聞いておる。そもそもこの嵐山流本家に、どんな用件でやってきたのだ？」

小銀杏髷に黄八丈《きはちじょう》の着流し、そして三四郎と同じように巻き羽織した武士が、やけに面長《おもなが》の武士を詰問《きつもん》していた。

この男は町方の同心だろう。三四郎はすぐにそう察しをつけた。

「いきなり無礼《ぶれい》でござろう。拙者《せっしゃ》も幕臣の端くれ。町方に問いただされて、かくかくしかじかと返答するいわれはないが、今回は特別に答えてやろう。今日は嵐山流に入門を願うため、挨拶《あいさつ》にきたのだ」

そう告げた四十年配の武士は、小倉織《おぐらおり》の木綿の小袖に無紋の黒羽織を重ねていた。身形《みなり》はいたって地味ながら、目つきの鋭い男だった。

「この嵐山流は羽振りのよい役付きの幕臣や、大店《おおだな》の主人が門人に連なっている。

失礼ながら貴公の服装には、似つかわしくない」

同心は、かたわらにいた御用聞き《ごようき》に目配せした。

御用聞きは無言で、武士の背後にまわった。

「重ねて問う。姓名を名乗られよ。幕臣で小普請《むやく》でないなら、役名もうけたまわりたい」

「この扮装《なり》を見よ。町方の同心なら、察しがつくだろう」

武士は口元に怒気《どき》を滲《にじ》ませた。仔細《しさい》に眺《なが》めると、貧相には違いないが、のっぺりとした役者顔をしていた。

「小人目付《こびとめつけ》……羽織か」

同心ははっとして、口元をゆがめた。

小人目付とは、御家人《ごけにん》の不正を糾弾《きゅうだん》する役で、幕臣のなかの嫌われ者だった。支給された安手の黒羽織を常に用《もち》いているので、『羽織』というのが、蔑称《べっしょう》に近い別称《べっしょう》だ。

「では、御免《ごめん》こうむる」

小人目付を名乗る武士は、同心がひるんだ隙《すき》に、足早に立ち去ろうとした。

「待たれよ！」

追おうとした同心を、

「旦那《だんな》、まぁ、いまは見すごしておきましょう」

御用聞きが小さく首を振って宥《なだ》めた。

「こ、今度はこっちに来ましたで」

凡平が貧乏揺すりをはじめた。

小人目付の背を見送った御用聞きが、間髪《かんはつ》をいれずに三四郎たちのほうに駆け寄ってきたのだ。

「お武家さまたち、ずっとあっしらを見ておいででしたね」

眉の濃い、いかつい顔をした御用聞きだった。年恰好は五十路《いそじ》に近いが、背筋のしゃきっとした男だ。

「どこかで見た顔だな」

三四郎はいかつい顔をしげしげと眺めて、思いだそうとした。

御用聞きは苦笑しながら発してきた。

「あっしは、寛永寺《かんえいじ》の黒門下《くろもんした》に住まいしております、荷吉《にきち》と申します。お上《かみ》の御用を務める地元《ところ》の御用聞きでござんす。で……お武家さまたちは？」

そっちも名乗れと、荷吉は物怖《ものお》じしない面付《つらつ》きであった。

「そうか、どうりでどこかで見た顔だと思った。それであっちは？」

荷吉の問いには知らんぷりをして、三四郎は同心に向けて顎《あご》をしゃくった。

「あのお方ですかい」

またも苦笑しながら、荷吉は明かした。

「北の隠密廻《おんみつまわ》りで、幕張章介《まくはりしようすけ》さまとおっしゃいます。腕利きですよ」

「ほう、やはり廻り方か。しかも定町廻《じようまちまわ》りではなく隠密廻り……初めて見るな」

三四郎は目元をゆるめて、にやっと笑った。

「おい、なにをしている」

当の幕張章介が、大股《おおまた》で近寄ってきた。

年まわりはといえば、三四郎と同じ三十前後。白皙《はくせき》の顔に青筋を立てている。

すぐにかっとくる性格だなと、三四郎は見てとった。

「貴公はなんという名だ。藩名と、幕臣ならば役名も明かしてもらおう。今度という今度は、逃さんぞ」

章介は鋭い目つきで、三四郎を見据《みす》えた。

さっきの小人目付を問いつめきれなかったことと、三四郎のことが頭でごっちやになっているようだ。

「おっと、これは失礼した。こちらはまだ名乗っていなかったな」

三四郎はこれみよがしに章介に尻を向け、荷吉のほうに向き直った。

「俺は近衛同心……いや、当の町方同心の前ではまずいか……ならば、小普請の御家人で、八瀬三四郎という。住まいは、湯島妻慈町の三四郎長屋だ」

よどみなくそうしゃべった。というのも江戸下向《げこう》にあたり、三四郎は二十俵《ぴょう》二人扶持《ぶち》の御家人株を、渡月斎から与えられていた。

株代金の元値は百五十両だったらしいが、渡月斎は値切りたおして、百両で入手したと聞いている。

「ならば……とはどういう意味か。貴公もさっきの男と同じで、怪しさが全身から滲み出ているな」

章介は二歩進んで荷吉の前に立ち、三四郎と対峙《たいじ》した。

「それに、そのいでたちはなんだ。小普請の御家人が、我ら八丁堀の同心のいでたちを真似て、なにをするつもりなのだ」

章介の目がますます険《けわ》しくなった。

「他意はない。江戸でこの身形をしていれば、商家に寄って袖の下もせびれるし、なにより女にもててると聞いたのでな」

「おぬし、ふざけておるな。この幕張章介はな、怪しい奴は許せぬが、ふざけた奴はもっと許せない性質《たち》だ」

章介は懐《ふところ》に手をやった。十手《じって》袋の先から、鮫皮《さめがわ》の十手の柄《え》がのぞけた。

「まぁまぁ、旦那」

荷吉が両手のひらを立て、章介を宥めにかかった。

「どうやら、このお侍さまの言うことは、話半分に聞いておいたほうがよさそうですよ。そのほうが腹も立たないし、ここは穏やかにまいりましょう」

年の功というべきか、荷吉という男は、相当に練れている。

「それもそうだな。この男は同心の扮装《なり》をして粋《いき》がっている戯《たわ》け御家人。いわば同心の贋物《がんぶつ》であろう。二束三文の紛《まが》い物だ。まともに相手をしてはおれん」

章介は十手袋に差し入れていた手を抜いた。

「同心の贋物とは、おもしろいことを言うじゃないか。人を、茶道具か書画骨董《こっとう》みたいに扱いやがる」

三四郎は凡平と顔を見あわせて、噴きだした。

「ところで隠密廻りの兄さん」

笑い顔を引きしめた三四郎が、馴《な》れ馴れしい口調で呼びかけた。

「こう見えて俺は、この嵐山流本家の縁者なのだが……」

「なんだと……」

章介の目つきが、またまた険しくなった。

「幕張章介さんだったな。あんた、もしかして、この本家になにか用があったのかい？」

まっすぐに問いを投げかけると、

「同心を詰問するとは、いい度胸だな」

意外ではあったが、章介はにやりと笑った。

「嵐山流の宗匠にも、いずれ御目文字《おめもじ》したいとは考えていた。公家の隠居という触れこみだと聞いたが、京の公家といえば、貧乏がつきものだろう」

嵩《かさ》にかかったように、言葉をつないだ。

「上野池之端にこれだけの地面を手当てして、ご立派すぎる数寄屋《すきや》を建てて流派を開くなど、その元手はどう工面したのか。その一点だけでも十分に怪しい。じつは今日も、外面《そとづら》だけでも眺めてやろうと、このあたりまで来ていたのだ」

章介は不意に心中を明かすと、さらに言葉を重ねた。

「岩倉渡月斎なる老人は、なにか魂胆《こんたん》があって江戸に出てきたのではないか。そう勘ぐるのが当然だろう。それなのに町奉行所の連中も目付も、誰もそのあたりを探ろうとはしない。それで俺が乗りだす気になったのだ」

「なるほど、なるほど。疑念を抱く筋道が通っている」

三四郎はふむふむと感心してみせた。

「よし、おぬしに代わって俺が宗匠から、そのあたりのことを聞いておいてやろう。どうだ、近いうちに一杯やらんか。爺さまからの返答は、ゆっくり飲《や》りながら話そう」

凡平は顔を強張《こわば》らせているが、

「八瀬……三四郎だったたな。おぬし、本気なのか？」

訝《いぶか》る眼差しを向けてきた章介に、三四郎はなに食わぬ顔で、うむ、とひとこと返した。

章介は依然として戸惑った顔のまま、荷吉に目線を向けた。

荷吉が温和な目でうなずくと、章介の眼差しがやわらかくなった。

「さっきの小人目付だが、あっちも怪しい。本当に小人目付なのかな。小人目付と聞けば、俺たち町方は、それ以上は近づいてこないからな」

章介は苦い笑みを浮かべた。

町奉行所の人間は、小人目付を忌《い》み嫌って、けっしてこちらから近づこうとはしない。

というのも、小人目付というのは、御家人の仕事ぶりや生活に落ち度や乱れがないか内偵するのが仕事だった。そして日頃から目をつけて狙《ねら》っているのは、もっぱら町奉行所の与力・同心の不正だ。

付け届けが潤沢《じゅんたく》すぎるほど集まる町奉行所を、妬《ねた》んでいるからだった。

「そんな思惑で、口から出まかせを言ったのではないか。いや、それというのもな……」

少し逡巡《しゅんじゅん》してから、章介は言葉をつないだ。

「俺はいま、この嵐山流を洗うのとは別口で、系図買いをしている悪党どもを追っている」

系図買いのことを、窩主買《けいず》いと言ったり、故買《こばい》と言ったりもする。盗品であることを知りながら、売買している連中のことだ。

それにしてもずいぶんと大胆、というか野放図《のほうず》に思えた。

なにを思ったのか章介は初見の相手に、しかも立ち話で、取り組んでいる探索の踏みこんだところを明かしはじめた。

「奴らは小石川《こいしかわ》や御徒町《おかちまち》に住む貧乏旗本《はたもと》や御家人の家に、幕臣を装って出入りし、困窮《こんきゅう》した幕臣たちから、その家に伝わる家宝の茶道具や壺《つぼ》などの家財を、二束三文で買いあげていく。盗んだのと同じだ」

章介は歯嚙《はが》みした。

「それで偽筆《にせふで》の極書《きわめがき》や箱書きなどを添付し、転売して大儲《おおもう》けしているのだ。盗品を売りさばいているのだから、系図買いだろう」

ちなみに極書とは鑑定書のことで、折紙《おりがみ》とも言う。

頰《ほお》を紅潮させて憤慨《ふんがい》する章介に、三四郎はおかしみを感じた。

「さっきの武士は、系図買いの探索をしていた線で浮かびあがってきた騙《かた》り者に、人相が似ていた」

章介は片眉をつりあげた。

「うさんくさい新参《しんざん》の宗匠と、どうあっても許せない系図買い屋……ふたつの線がここで不意に交わった。俺は武者震いしたぞ。茶道の本家・家元といえば、茶道具とか花瓶《かびん》はつきものだろう。俺はてっきり系図買いの一味が、ここの宗匠に、そうした贋物を売りつけにきたのかと思ったのだ」

章介はさらに思いきり踏みこんで、手のうちを明かしてきた。

「そこまで漏《も》らしてくれたことには驚くが、俺にはどうも、貴公の話がぴんとこないな」

それが三四郎の正直なところだった。

そもそも茶道具にも華道にも興味はない。

それに、騙りの一味が幕臣に化けこんだからといって、幕臣たちが先祖伝来の家宝を、二束三文で手放すものだろうか。

「旦那」

荷吉が顔を小刻みに振った。

数人連れの武士が、こちらに目を向けながら通りすぎた。

嵐山流の勝手門の周囲は、大店の寮や妾宅《しょうたく》などが並ぶ閑静《かんせい》な一角だが、それでも人目はあった。

「いかん。俺としたことが、つい立ち話がすぎた」

章介は細面《ほそおもて》の面相を両手で、ぱんぱんと叩いた。

「そうだ、三四郎。ついでにな、渡月斎宗匠に、さっきの小人目付に入門を申しこまれているか、聞いておいてくれ」

「それも承知した。時間があるときに、柳橋の九重という船宿に来てくれ。俺はよくそこにいる」

「湯島の三四郎長屋ではないのか」

章介は不機嫌そうにつぶやいて、背を向けて去った。


嵐山流の本家である渡月庵《とげつあん》は、門人に茶道や華道を伝授する数寄屋と、渡月斎父娘が住む京風の住まいの二棟に分かれていた。

渡月斎の居間は住居のほうではなく、数寄屋の二階にあった。

不忍池に向かって突き出たような、高殿《たかどの》のような部屋だ。

渡月斎は鶯茶色《うぐいすちゃいろ》の狩衣《かりぎぬ》姿で、右手には笏《しゃく》まで持っていた。笏とは公家が威儀をただすために持っている、おしゃもじのような板である。

普段は気楽な茶人の恰好をしているのだが、三四郎と凡平の前に出るときは、いつもわざわざ着替えてくる。

ことさらに身分の違いを見せつけようとしているのが見え見えだが、当の三四郎は、長屋の地鎮祭《じちんさい》に呼ばれた雇われ神主《かんぬし》ぐらいにしか思っていない。

「どうや、調子は」

脇息《きょうそく》に寄りかかりながら、渡月斎は第一声を放ってきた。

小刻みに、総身《そうみ》で貧乏揺すりしているのが見てとれた。

「ぼちぼちですわ」

凡平がそう応じると、渡月斎の身体の揺れが大きくなってきた。

「ぼちぼちか……身体がしんどいわけではないんやな。ほなら、どないして呼んだら、すぐ来んのや。まろは別当職にある身や。そのまろがひと声かけたら、即座に駆けつけてくるもんやろ」

三白眼《さんぱくがん》でねめつけてくる。

「ちょうど時分刻だったさかい、三四郎さまは昼飯を食べとったもんで」

凡平がいいかげんな言いわけすると、

「あほんだら、まろが呼んだら、飯《まんま》、放りだしてでも来い。小便の途中でも来んかい」

渡月斎は、たちまち沸騰《ふっとう》して地金《じがね》を出した。

「まぁまぁ渡月斎さま。いきなり激昂《げっこう》すると、身体に毒ですよ」

三四郎は笑いを嚙み殺しながら、それでも殊勝《しゅしょう》な口ぶりで宥めようとした。

「そのお年になると、中風《ちゅうぶ》が旋風《つむじかぜ》のように襲ってくると言います。それでなくとも渡月斎さまのご家系は、中風病《や》みになって、腰から下が駄目になる人が多いのですから」

渡月斎のことを案じる作り顔をしたが、当人は白目をむいて立ちあがった。

「こら、われ、誰を見てもの言うとるんじゃ。え〜まろを誰だと思うとるねん、しまいにゃ、上方《かみがた》の蒲焼《まむし》のように包丁で腹開きにしてまうぞ」

渡月斎は笏を振りあげた、投げてくるかと覚悟したその刹那《せつな》、

「お父《もう》さま、よろしゅうございますか」

佐知子の鈴を転がすような声音《こわね》が、襖越しに響いてきた。

「……よろしゅうはないが、なんや」

渡月斎は荒い息を鎮《しず》めながら、座りなおした。

三人分の茶菓《さか》を載せた盆《ぼん》を持って、佐知子が入ってきた。

不思議な力がこの娘宗匠には備わっていて、佐知子がいるだけで場は和《なご》み、まとまらないものも、まとまっていく。

好物である白餡《しろあん》の最中《もなか》を口に入れ、玉露《ぎょくろ》で喉《のど》に流しこむと、渡月斎の物腰が手妻《てづま》がかかったように穏やかになった。

佐知子が一礼して退出するのを待って、

「用件というんは、ほかでもない。この嵐山流に、禍々《まがまが》しい災禍《さいか》が降りかかってきた件や」

渡月斎はおもむろに切りだした。

「あれは二十日ばかり前のこと。不吉そうな篠突《しのつ》く雨の降る、昼間なのに明かりを灯《とも》さなければならん、薄暗い日のことやった」

渡月斎は遠くを見る目をした。

三幕

来客でございますと、門弟《もんてい》が取り次いできた。

門人である小磯波太郎《こいそなみたろう》が、至急、宗匠にお目にかかりたいと、玄関まで来ているという。小磯は丹波篠山藩《たんばささやまはん》・青山家《あおやまけ》の用人《ようにん》だった。

『はてさて……今日は稽古日ではないはずだが』

怪訝《けげん》には思えたが、とりあえず書院《しょいん》に通すよう命じた。

小磯は二年前に江戸に流派を開いて、すぐに入門してきた。新進の嵐山流のなかでは古株で、五十路過ぎではあるが稽古ぶりは熱心であった。

宗匠頭巾《そうしようずきん》をかぶり茶羽織をつけて書院に出ると、小磯はあわてて平伏した。

『足元がお悪いなかを、よう来てくれましたな』

寛《くつろ》いでいたので、すこぶる迷惑だったが、渡月斎は愛想を言った。

小磯の主人である青山下野守忠裕《しもつけのかみただひろ》は、享和《きようわ》四年から今日まで、二十八年の長きにわたって老中職にあり、いまは老中首座だ。仲良くしておいて、損はない。

『不意にお邪魔いたしまして、このとおりでございます』

権勢につながっていながら、小磯は腰の低い男だった。ずるっと禿《は》げあがった後頭部まで見せて再度、平伏した。

かたわらには、高さ一尺半ほどの桐箱《きりばこ》が置かれていた。

『ときに、今日は鑑定のご依頼ですかな』

背中と腰の間に汗が滲んだ。茶碗《ちやわん》か茶壺の鑑定を頼みにきたのかもしれない。

宗匠たるもの、目利きのひとつもできないでは、嘲笑《ちようしよう》の種となる。

しかし、にわか宗匠である渡月斎は、道具類について造詣《ぞうけい》が深いとは言えない
……というより、皆目《かいもく》わからない。

『はは、ご鑑定もありますが、もそっと宗匠さまの懐に飛びこんでのお願いもございます』

小磯は膝《ひざ》を畳にすらせて、にじり寄った。

『今日、持参してまいりましたのは、初代柿右衛門《かきえもん》の茶壺でござる』

知らぬ者とてない、有田焼《ありたやき》の陶芸家《とうげいか》の名が、小磯の口から出た。

『これは畏《おそ》れ多くも上さまより、我が主人・下野守に下賜《かし》されたものです』

将軍家斉《いえなり》から拝領の茶壺を、小磯は桐箱から、うやうやしく取りだした。

『おう、これはまさに赤絵の柿右衛門やな』

渡月斎は目を見開いた。

赤絵物とは、文字どおり赤い絵の具を主体に、陶器に絵を描いたものだ。

『温かみのある白い地肌に、赤や黄色の紅葉《もみじ》がよう映えておる。えもいわれぬ風合いじゃな』

渡月斎はごくごく無難《ぶなん》な寸評をした。目利きの目の字も知らない渡月斎でも、こんなあたりまえのことぐらいは言える。

『染錦竜田川《そめにしきたつたがわ》。略して、竜田川と呼ばれることが多いそうです』

奈良の竜田川は、古来、紅葉の名所として知られている。

染錦竜田川には、本阿弥《ほんあみ》光甫《こうほ》の極書もついていた。光甫は江戸初期の高名な鑑定家である本阿弥光悦《こうえつ》の孫《まご》であり、自身も鑑定家として名があった。

『篠山侯が将軍家から拝領した逸品《いっぴん》なのやろ。かの光甫の折紙つきなのやし、鑑定はご無用では、あらしゃいませんかな』

ぜひとも、逃げたかった。

『宗匠さま』

まなじりを決した小磯が、三たび平伏した。

『これから拙者がお願いしますこと。ことの成り行きにかかわらず、ご他言は無用ということでお願いできますか』

『心配は無用じゃ。この渡月斎、六十年の生涯で、口の堅さは首尾《しゅび》一貫《いっかん》しておりますよってな。さぁ、話してみなはれ、無念無想の心持ちでお聞きします』

鷹揚《おうよう》な口ぶりで小磯を安心させた渡月斎は、先をうながした。

篠山藩六万石の台所は火の車。小磯が切々《せっせつ》と訴えてきたのは、まずそのことだった。

渡月斎にもわかる気がした。

老中になるためには、先任の老中衆など諸方に、どど～んと賂《まいない》をまかねばならない。しかしひとたび、なってしまえば、今度は賂を取りこむ側となる。

ところが青山は、潔癖派《けっぺきは》である松平定信《まつだいらさだのぶ》の系譜《けいふ》であり、賂を受けとらないという定評があった。

賂なしで二十八年も老中の座にあれば、持ちだしばかりであったろう。

『つまりは、篠山侯はこの竜田川を手放したいと？』

言いだしにくそうに、もじもじしているので、ずばりそう問うてやると、

『ご推察のとおりでございます』

がくりとうなだれたまま、小磯はとつとつと語った。

台所は火の車なので急いでいる。できれば、まず嵐山流で引き取ってもらいたい。あとは宗匠さまがお手元で愛《め》でられるもよし。どこか良縁を見つけて、縁づけてくれてもよしと。

『まろのところに持ちこんだのは、まろが上方の出《で》だからか？　将軍家拝領の茶壺を江戸で売りに出すのは、はばかりがある。まろならば、京、大坂、奈良、あるいは博多《はかた》あたりのお大尽《だいじん》に斡旋《あっせん》してくれるのではないか。つまりは、そういう思惑なんやな？』

推察して念を押すと、小磯はへへ～とばかり、ひたすら畳に額を押しつけた。

それで、なんぼで売りたいのや……そう心中で発したが、

『して、そちらのお心づもりは』

口では品よく訊《たず》ねた。

『千両でござる。千両あれば、当家は急場をしのげまする』

小磯はほとばしるような口調で返してきた。

正直、欲しかった。

いまのいまは無理だが、先々は、将軍家から老中首座に下賜された柿右衛門を所蔵していると、世間や門人たちに誇《ほこ》ることができるだろう。

茶道本家の伝説は、こうした出来事の積み重ねで、つむがれていくのだ。

『何日か預からせてもらう。嵐山流として、前向きに考えることを前提にな……ただし正式な返事は、数日でよいから待ってたもれ』

そう告げると、小磯は揉《も》み手までしてみせた。

四幕

「それで結局、買いはったんですか、千両で」

凡平の問いに、

「まろはだぼ鯊《はぜ》のように食らいついたわけやない。入念な検討をしたのや」

渡月斎は不機嫌そうに言葉をつないだ。

小磯波太郎が辞去するのを見届けると、渡月斎は駕籠《かご》を呼び、竜田川の桐箱を小《こ》脇《わき》に抱えて乗りこんだ。

最上等の宝仙寺《ほうせんじ》駕籠《かご》は、不忍池沿いの道を東に進み、広小路の盛り場を越えると、右に折れた。

渡月斎が向かったのは、すぐ近所だった。

下谷同朋町《したやどうぼうちょう》にあるお数寄屋坊主頭《すきやぼうずがしら》・淡輪悦阿弥《たんのわえつあみ》の屋敷であった。

お数寄屋坊主頭は、将軍家の茶会をつかさどり、茶道具の管理をする。頭を丸めて坊主のなりをしているものの、百五十俵取りの歴《れっき》とした幕臣であった。

悦阿弥は、茶道具の目利きとしても評判が高かった。

すぐに書院に通されたが、悦阿弥はあいにく風邪で臥《ふ》せっていると取次の者が言う。

『さようであらしゃいましたか』

渡月斎は落胆して声を落とした。

『じつは名物《めいぶつ》が手に入りましてな。悦阿弥殿にご覧に入れたいと思い、それで持参したのやが……』

茶人同士、名物が手に入ったときに互いに披露しあうのは、よくあることであった。

『いかがかのう。お熱が高くないのなら、臥せっていても退屈なはずじゃ。枕元までお持ちして、ちらっとご覧いただければ、お退屈しのぎになるのではありませんか』

茶坊主である悦阿弥の家来風情《ふぜい》に、渡月斎はすがるような口調になった。

もっとも、悦阿弥はただの茶坊主ではない。実父は将軍・家斉の相談相手として権勢並ぶ者がない、中野碩翁《なかのせきおう》であった。

『では、一応はお預かりしますが、お見せするかどうかは、主《あるじ》の意向を確かめたうえで』

取次の者は、そう断って書院から去った。

たとえひと目でも、悦阿弥に見てもらう意味は大きい。

悦阿弥の実父である碩翁は、家斉の愛妾《あいしょう》であるお美代《みよ》の方の養父である。

家斉がお美代の方との間にもうけた溶姫《ようひめ》は、加賀《かが》百二万石の当主・前田斉泰《まえだなりやす》に嫁《とつ》いでいる。

悦阿弥は妾腹《しょうふく》の子だが、碩翁の力ですこぶる美味《おい》しい役職に就《つ》いた。将軍家の茶会に招かれた人々は誰しも、茶席で礼を失《しっ》したり、粗相をして恥をかいたりしたくない。

そこで、お数寄屋坊主頭をなにかと頼りにする。

なので諸大名・旗本たちからの付け届けが、納戸《なんど》の床が抜けるほど到来する。碩翁の子だというので、なおさら集まってくる。

資金は潤沢なので、悦阿弥は名物狩りをするようになり、目利きとしての目も肥えた。

その悦阿弥に見てもらって、なにか言ってもらえれば、竜田川の値打ちを察することができる。万が一、贋物《がんぶつ》であったなら、それらしくほのめかしてくれるだろう。

待つほどのこともなく、取次の男が戻ってきた。

『では、主《あるじ》のお言葉をお伝えいたします』

男はもったいぶった口ぶりで代弁した。

『渡月斎宗匠のおかげで、目《め》道楽《どうらく》をさせていただいた。大事にご所蔵されて、愛玩《あいがん》されるとよろしかろう……とのことでござる』

よかった、これは買いや。

渡月斎は心が晴れやかになった。


「なるほどね、それで悦阿弥坊主のお墨《すみ》つきを得た気になって、渡月斎さまは千両出して竜田川とやらを買ったわけか」

三四郎は冷ややかな口調で、そう告げた。

「そうや、買うた。名物を手にして、まろは得意満面やった。そのまろを、もっと有頂天にする男が、続けざまに現れたのや」

渡月斎は虚空《こくう》を睨んだ。


竜田川が渡月庵に来て、五日ばかりが経った昼さがりであった。

七十路《ななそじ》近い老武士が、矍鑠《かくしやく》とした足取りで渡月斎を訪ねてきた。

名は杉村勘平《すぎむらかんぺい》。八丁堀に住む元与力で、竜田川を持ちこんできた小磯波太郎と同じく、嵐山流の当初からの門人であった。

『耳に入ってまいりましたぞ、宗匠さま』

杉村は染みの浮き出た顔で、にっと笑った。

『好事家《こうずか》ならば、涎《よだれ》を垂らさんばかりの大名物《だいめいぶつ》を入手されたとか。いやいや、宗匠さまもお人が悪い』

道具好きの隠居として知られる杉村は、かなり露骨に願う目を向けてきた。要するに、見せてほしいのだ。

『いやいや、じつはまだまろも、落ち着いて眺めたことはないのじゃ。このところ多忙やったのでな』

この杉村と小磯は稽古日も同じで、仲が良い。

あの小磯め、他言は無用に願いたいと、こちらにはあれだけ念を押してきたのに、自分の知己《ちき》にはぽろっと漏らしてしまったに違いない。

『門人にご披露するのは、杉村殿が初めてとなる』

杉村も稽古熱心な門人である。大名物とおだてられて悪い気はしなかった。

渡月斎はいささか勿体《もったい》をつけたうえで、拝ませてやった。

『これぞ柿右衛門だ……紛うことなき初代・酒井田《さかいだ》柿右衛門だ』

杉村は喉の奥から、うめくように発し、食い入るように目を落とした。

一刻、二刻、そして小半刻。杉村は凝視《ぎょうし》しながら、固まってしまっていた。

俗に、金玉火鉢《きんたまひばち》という股間《こかん》に抱えこむような姿勢となって。

『ご堪能《たんのう》されたかのう』

痺《しび》れを切らした渡月斎が声掛けすると、

『拙者、覚悟を決め申した』

杉村は竜田川から目を離さずに発した。

『千両、いや、二千両まで出しましょう。この大名物、是が非でも拙者にお譲《ゆず》りくだされ』

そこで初めて目をあげた杉村は、射るような眼差しを渡月斎に向けた。

『ゆ、譲る！　二、二千両！……ほんまかいな！』

渡月斎の声が思わずうわずった。

『ほんま……でございます』

杉村は目を逸《そ》らさずに言葉を重ねた。

『はばかりながら拙者は三十年、吟味方《ぎんみかた》与力を務めており申した。三日、いや二日いただければ、二千両、耳をそろえて工面して持参いたします』

町奉行所与力には、茶坊主に負けず劣《おと》らず、諸大名や豪商から付け届けが万来する。なかでも吟味方与力は、町奉行所の花形であった。

この隠居は本気や、二千両、掻《か》き集めてくるつもりや。差し引き、千両の儲けやないか。

渡月斎は思わず頬をつまんだ。ねじってたしかな痛みを感じながら、突如、我が身に到来した福を味わっていた。

「買うてから五日で、千両の掠《かす》りだすか。信じられへん。家元を五日やったら、やめられへんね」

凡平までが、なにを思ったか、頬をつまんだ。

「俺には、話ができすぎているように思えるがな」

三四郎は白けた口調で水をさした。

「渡月斎さま、あなたひょっとして、一杯、食わされましたかな」

「うぅ～」

渡月斎は、土佐犬《とさいぬ》のように唸《うな》った。

「まろはまろなりに、十二分に用心して、わざわざ悦阿弥の屋敷にまで行ったうえで買うたのじゃ。それなのに……まろの有頂天な日々は短かった」

渡月斎は悲しそうに面相をゆがめた。

「またぞろ、やってきたのじゃ。あの与力の隠居がな」

夜陰《やいん》に駆けこんできた杉村勘平は、色を失っていた。

『宗匠殿には、そもそも聞いておられましたか』

これまでとは、あきらかに声音と物腰が違った。

『はて、なんのことですかな』

とぼけるつもりはなかったが、ついとぼけた口調となった。

『冗談ではござらぬぞ！』

色を失っていた杉村が色をなした。

『せんだってのことじゃ。江戸城のお道具蔵から、柿右衛門の竜田川が消えたそうにござる』

『えっ？』

渡月斎は初手では意味をつかみかねた。

『将軍さまのお茶会で使われる名物が、忽然《こつぜん》と消え失せた。おそらくは、盗まれたのでござるよ。与力として奉行所に出仕《しゅっし》している倅《せがれ》に聞いた話なので、間違いはござらん』

怒気を含んだ口調で、杉山はさらに言葉を足してきた。

老中首座・青山下野守の名をもって、南北の町奉行に下命《かめい》があったのだという。江戸中の道具屋や質屋などに、故買品として竜田川が出まわっていないか、厳しく探索せよと。

『そんな、そんな阿保《あほ》な……』

眩暈《めまい》がして、その場でくずおれそうになるのを、なんとかもちこらえた。

門弟に命じて武鑑《ぶかん》を持ってこさせた。

武鑑には幕府の役人はもちろん、大名とそのおもだった家臣の名や禄高《ろくだか》、家紋などが記してある。

震える指で紙面を次々と繰《く》った。篠山藩の箇所に、たしかに江戸詰めの用人・小磯波太郎の名があった。

『ある、たしかに用人・小磯とある。もとからして、まろの門人や。まろはこの小磯から、竜田川を買うたんや』

渡月斎は紙面をぱんぱんと叩きながら、杉村にも見せた。

『ぬか喜びではないですかな。宗匠が知る小磯は、名を騙った者かもしれん』

杉村は元与力らしい冷徹《れいてつ》な口調で言った。

『そ、それは、そういうことも、あるな。ということは、あの者は二年もの間、小磯波太郎になりすまし、門人としてここに通ってきとったんか』

くそったれ、まろを舐《な》めたらあかんで。

心中でそう自分を鼓舞《こぶ》した渡月斎は、本家にいた門弟や奉公人を集めて急《せ》きたてた。

いまから手分けして、江戸城・西丸下《にしのまるした》にある篠山藩の上屋敷や、青山通りの中屋敷の周辺をまわり、用人・小磯の年恰好や人相風体《ふうてい》を確かめてこいと。

夜までかかって、結果は出た。

小磯はまだ四十になったばかりの、髪の黒々とした武士であるという。茶道には一片の興味もなく、剣術や棒術をたしなむ武張《ぶば》った男であると。

『宗匠殿、わかっておられましょうな』

夜まで居座っていた杉村は、携《たずさ》えてきた桐箱を、ずりずりと畳をすらせて渡月斎の膝元に押しやってきた。

『三日、いや二日、待ってたもれ』

杉村からの二千両は手つかずで手元にあったが、このまま返金するのは、なんとも切なかった。

駕籠を呼ぶのももどかしかった。門弟に桐箱を持たせて、渡月斎はおのれの足で同朋町に急いだ。成り行きで杉村勘平もついてくる。

『先般はご挨拶もせず、失礼いたしました』

風邪がまだ抜けきれないらしく、悦阿弥は綿がたっぷり入った丸頭巾をして震えていた。まだ四十前なのに、年寄りくさい男だった。

『悦阿弥殿、江都随一と評判の鑑定眼で、もう一度、お願いしたいのじゃ』

『もう一度?』

話が嚙みあわなかった。

『ほれ、先般、お邪魔したときに、枕元でご覧になったまろの柿右衛門のことじゃ』

渡月斎は辛抱《しんぼう》強く、前回の訪問のことを説明した。

『ああ、あのときの』

悦阿弥はすぐに思いだしたが、そのあと発してきた言葉には愕然《がくぜん》とさせられた。

『あのときはこの風邪が、最悪のころでござった。目はかすみ、手元もおぼつかない。なので、遠目にちらっと拝見しただけなのです』

『そ、そんな殺生《せっしょう》な』

悦阿弥の丸頭巾をひっぺがしてやりたかったが、こらえた。

というのも、悦阿弥があらためて鑑定をはじめてくれたからである。

『ほう、これは初代柿右衛門ですな。宗匠殿もお持ちだったのですな』

どうでもいいことを口にしながら、竜田川に目を落としていたが、

『むむ、こ、これは』

だしぬけに声を震わせた。

『贋物でござる。間違いなく贋物でござる』

非情にもそう断じたあと、さらに全体に目を配って、額に皺《しわ》を寄せた。

『どないなっとるのや、どのあたりが贋物なのや』

年甲斐《としがい》もなく取り乱した。

青山老中の用人を騙る男から、盗品をつかまされた。そこまでのことは受け入れる覚悟はしていたが、まさか贋物とまでは思わなかった。

『どのあたりと問われましてもな。たとえて言えば、正物《しょうぶつ》から漂ってくる気品のようなものがいっこうに感じられず、そこはかとなく下卑《げび》た臭《にお》いがする。そんなところでござろうか』

『そ、そないなわけのわからんことで……極書はいかがじゃ。本阿弥光甫の極書

は』

『紙の古び方からして、紛い物ですな。陶印《とういん》も箱書も、どこをどう見ても贋物です』

　陶印とは焼き物をひっくり返した裏にある、陶芸家の印である。

『じつは江戸城で、初代柿衛門の茶壺がひとつ紛失《ふんしつ》しましてな』

　どこか空々しい口調で、悦阿弥は漏らしはじめた。

『そういえば、あれも初代・柿右衛門であった。そうか、この壺は、盗まれた竜田川を模《も》した贋作《がんさく》であるな』

　横合いから、杉村勘平が肘鉄砲《ひじでっぽう》を繰りだしながら、首を振ってきた。

『悦阿弥殿、さきほどから、あまりといえばあまりなお言葉やないか。まろは悦阿弥殿が鑑定をして、太鼓判《たいこばん》を押してくれたからこそ、青山老中の用人・小磯を名乗る男から、千両出して買うたのじゃ』

　睨むような目で、悦阿弥を見た。

『鑑定をしただの、太鼓判を押しただのと、いちいち慮外《りょがい》な仰《おお》せじゃ』

　悦阿弥はきっと睨み返してきた。

『鑑定などしておらん。かすむ目で遠くから眺め、よいお道具じゃとは申したが、太鼓判を押したつもりなど、毛頭《もうとう》ございませんぞ……とは申せ……』

激昂しかかった悦阿弥だが、ふっと薄い息を吐いて目元をやわらげた。

『よくできた贋作です。ご流派の内々で、末永く愛玩されるとよいでしょう』

頭がくらくらとしてきたが、渡月斎は未練がましい口調で最後に訊ねた。

『贋物で……あったとして。どのくらいの値打ちがつきますやろか？』

『俗に仁清《にんせい》と柿右衛門を見たら、贋物を疑えと申します。それほど数が多いのでござる。三両か、せいぜい五両でございましょうな』

それからは無言のまま、渡月斎と杉村勘平は、悦阿弥の屋敷を辞した。

五幕

「それで与力の隠居には、二千両返したんでっか？」

凡平に問われた渡月斎は、

「しかたないやろ。ここでじたばたしたら、隠居の倅が捕《と》り方《かた》を指揮《しき》して、この渡月庵に出張ってきよるわ」

がりがりと歯嚙みした。

「悦阿弥の屋敷から帰ってきて以来、まろは生きた心地がせんかった。上皇さまからお預かりした資金のなかから、千両、騙《だま》し取られたのやからな」

いかにも湿っぽい面付きで、渡月斎は繰《く》り言《ごと》が尽きなかった。

「渡月斎さまの窮状はお察ししますが、江戸城で紛失したという正物の竜田川はどうなったのかな」

どこの誰の手によって盗みだされたのか。三四郎の興味は、いまはその一点にあった。

それにしても、この茶番劇はおもしろい。ぐいぐいと引きこまれるものを感じていた。

「青山老中の用人の名を騙って、ここに贋物を売りにきた武士。江戸城から正物の竜田川を盗みだしたのは、その武士の一味でしょうかね」

三四郎が筋読みをすると、

「おまえの見立てなど聞いてもしゃあない。それよりも終《しま》いまで、まろの話を聞かんかい」

渡月斎は虚《うつ》ろな目で虚空を見つめた。

「それからまた現れたのや、三人目の客がな。この終《つい》の客が、いっとう禍々《まがまが》しい奴やった」

その三人目の客は、日の落ちはじめた逢魔《おうま》が時《とき》に現れたという。

「江戸城の奥祐筆《おくゆうひつ》で、野村又右衛門《のむらまたえもん》という男や」

「ほう、奥祐筆ですか。茶坊主といい、町与力といい、今度の一件に登場する役者は、賂取《まいないと》りばかりですな」

三四郎は鼻を鳴らした。

幕閣の機密に関与する奥祐筆にも、諸大名から付け届けが集まってくる。

「いちいち茶々入れんで、聞かんかい。あれはちょうど十日前のことやった」

渡月斎の貧乏揺すりが、いっそう忙《せわ》しなくなった。

『お初にお目にかかる。柳営《りゅうえい》で奥祐筆を務める、野村又右衛門でござる』

まだ四十前後の若さだが、奥祐筆の組頭《くみがしら》だという。

野村の身分はこれまで登場した人物のなかで、格別に高かった。

ちなみに柳営とは、江戸城本丸という意味である。

『本日は火急《かきゅう》の用件があって、まかりこし申した』

浅黒い長顔で、いかにも切れ者らしく、引きしまった身体の総身から、油断のなさのようなものが漂っていた。

『嵐山流の渡月斎でおじゃりまする。本日はようこそ、当本家にお越しくださいました』

火急の用件と切りだされて、心の臓は高鳴っていたが、渡月斎は倅のような年恰好の野村に、いたって丁重《ていちょう》に礼を返した。

『ご一服、いかがでございますかな』

渡月斎は野村を誘って茶室に入り、茶を点《た》てて菓子を食った。

そして小半刻ほど雑談した。

奥祐筆は老中の秘書役のようなもので、将軍家にあげる建白書《けんぱくしょ》や、町奉行や勘定奉行《かんじょうぶぎょう》に差しくだす沙汰書《さたしょ》の文案を考えたり、代筆したりする。

この野村又右衛門はもう十年もの間、ずっと青山老中の掛かりであるという。

要するに、お気に入りなのだろう。

用件は青山老中と竜田川に絡んだ件か。渡月斎は胸騒ぎがした。

『もう一服、いかがでございますかな？』

儀礼上、勧めると、

『いや、もう十分にいただき申した。ときに』

野村がぐっと眉を寄せた。

『ご老中の青山さまが、いたくご立腹でございますぞ……無論、貴殿に対してじゃ』

うっと声があがりかけるのを、喉元で押し殺した。

『はてさて、この渡月斎は茶人でございまする。政治向きのことにはかかわりのない、いわば隠者《いんじゃ》。老中首座の青山さまのお怒りを買うことなど、とんと見当もつきませんが……』

だらだらと答えながら、必死に思案した。相手は老練の老中……下手《へた》に隠し事をすると、かえって窮地《きゅうち》に追いこまれるかもしれない。

『ああ、ひとつ、ひとつ思いあたるとすれば、少し前に騙りに遭《あ》いました。それで贋作の茶壺をひとつ、たっかい値段で買わされましたのや』

青山家の用人・小磯を名乗る男に、一杯食って大損した経緯《いきさつ》を、かいつまんで野村に話した。

その男が二年もの間、身分を偽《いつわ》って嵐山流の門人となっていたことも。

野村は瞬《まばた》きひとつせず聞き入っていたが、相槌《あいづち》ひとつ打ってくれるわけでもなく、顔も能面《のうめん》のように変わらなかった。

『営中で紛失した柿右衛門の茶壺のことだが、いまだ行方がつかめませんし、不埒者《ふらちもの》の詮議《せんぎ》も進んではおりません。じつはこの一件について……』

野村は怜悧《れいり》な眼差しを向けてきた。

『淡輪悦阿弥殿からも、ご老中に一報が入ってきております。ここ数日で柳営や奉行所では、さまざまな噂が飛び交いだしております。おそらくは虚々実々《きょきょじつじつ》な噂でしょうが、とにかく奇怪至極《きっかいしごく》なことでござる』

その噂の中身を、野村は語りだした。

『何者かが、将軍家の茶壺を盗みだし、贋作とすり替えたうえで、将軍家より青山老中がたまわったものと偽って、ご老中の用人を名乗る男が茶道の宗匠に売りつけた。利に敏《さと》い宗匠は贋作と知っていながら、それを門人である裕福な与力の隠居に転売して、巨利を得た……ここまではよろしいな』

『よろしゅうない。待って、待ってたもれ』

渡月斎は見苦しいほど狼狽《ろうばい》した。

『そんなん、嘘《うそ》や。まろは正物と思ったからこそ、千両も出して買うたのや。将軍家からの拝領の品と聞いて、贋物だと疑うわけないやろ。杉村に譲ったのも、どうしてもと懇願《こんがん》されたからなのや。二千両かて、先方からの指値です』

恐怖がじわじわとせりあがってくる。耐えて必死の形相《ぎょうそう》で、渡月斎はあるがままを訴えた。

『別の噂では、かような筋書きとなっており申す』

血の通わぬ顔で、野村は続けた。

『嵐山流の宗匠・岩倉渡月斎こそ、すべての黒幕である。盗人《ぬすっと》を雇って柿右衛門を盗みだし、自分に疑いがかからないよう、自作自演の芝居を打った』

野村の射すくめるような眼差しが、渡月斎を刺した。

『用人・小磯を装った人物が来訪したなどというのは、貴殿の筋書きのなかだけの絵空事であろう』

あまりのことに、渡月斎は開いた口がふさがらず、反駁《はんばく》できずにいる。

『出自《しゅつじ》からして、貴殿は上方に強い。正物のほうは、ほとぼりが冷めた頃合いを見計らい、京か大坂、あるいは奈良の銀主《ぎんしゅ》にでも、売りつけるつもりであったのだろう』

銀主とは、おもに西国《さいごく》の大大名に、千両万両と貸しつける豪商のことである。

『貴殿はさらに欲をかいた。贋物をひとつ拵《こしら》え、それを金満な与力の隠居に売って、追い銭まで得た。泥棒に追い銭とは、このことじゃな』

野村は蔑《さげす》んだ目で、渡月斎を見た。

『どうしてや、どうして無理やりこじつけて、まろを極悪人に仕立てようとするのや。まろは騙されただけなんやで』

不覚にも、はらはらと涙がこぼれた。

『……と、噂ではいま申したように、貴殿にはすこぶる不利な筋書きとなっておりますが、真相は藪《やぶ》の中でござる』

野村は急にくだけた顔をして笑った。笑うと歯ぐきがむきだしになって、別人のごとく野卑《やひ》な感じがした。

『だが、ご老中のご機嫌は斜めのまま。それから、南の杉村弓蔵《ゆみぞう》という吟味与力がやけにいきりたっておって、異例のことながらみずから廻り方の同心どもを率いて、こちらの本家に力尽くの探索をかける手筈《てはず》になっておるとか』

『げっ、この嵐山流本家に、ほんまに町方が踏みこんでくるいうんか』

渡月斎は涙を振りはらった。ここは踏ん張らねばならない。

それにつけても杉村弓蔵というのは、あの隠居の杉村の倅であろう。

ひょっとしてあの隠居も騙り者かと疑っていたが、どうやら正物の与力の隠居であったらしい。

『じつはこの野村又右衛門、渡月斎殿には同情を禁じえない思いを抱いております。そこでご相談なのですが』

野村は、ぐいっと胸を突きだした。

『先にも申しあげましたが、ことの真相は藪の中。とは申せ、ひとたび町方に取り囲まれれば、嵐山流は一巻の終わりでござるぞ。門人は蜘蛛《くも》の子を散らしたように逃げていくし、このけっこうなお数寄屋も闕所《けっしょ》となりましょう』

闕所とは欠所とも書き、財産没収で取りあげられることだ。

『まろは、身に覚えがない。な～んも疚《やま》しいことはしておらんさかい、奉行だろうが与力だろうが、怖れはせん』

渡月斎は精一杯の虚勢を張った。

『失礼ながら、もとはお公家さんといっても、この江戸では茶の宗匠でござろう。小伝馬町《こでんまちょう》・牢屋敷《ろうやしき》の百姓牢に放りこまれ、容赦ない詮議を受けますぞ。梁《はり》から吊《つ》るされるなど、責め問いも待っていましょうな』

野村に言葉でいたぶられ、総身がわなわなと震えた。口惜《くちお》しいかぎりだが、虚勢を張るにも限度があった。

『そこでじゃ。拙者でよければ、お力になり申すぞ。この野村が宗匠殿のために、ひと肌もふた肌も脱ごうというのでござる。はばかりながらこの又右衛門、幕閣には知己が数多《あまた》おり申す。そうした皆さまの間を奔走《ほんそう》いたします』

野村は頬をゆるめて、ぬらっと笑った。

『悪いようにはいたしませぬ。すべてはこの野村にまかされよ。各方面に周旋《しゅうせん》して、宗匠殿への疑念を解いてみせましょう』

『そ、それはまことのことかいな？』

思わず、すがる目をした。

『まことのことじゃわな。疑われては、いささか心外でござるぞ。拙者は奥祐筆の組頭、老中衆を操《あやつ》る黒子じゃ』

ぬらぬらと、ぬめりのある声ぶりで、野村は言葉をつないだ。

『老中などは、つまりは木偶《でく》じゃ。わしらがおらねば、触《ふ》れ書ひとつ書けん。なんとでもなるのでござるよ、彼奴《きゃつ》めらがくだす裁断などは』

野村はくっくっと、喉を鳴らして笑った。

『の、野村殿、貴殿にお願いするとしてや。どういう手立てで、まろを救うてくれるんかいな？』

青山老中だけでなく、かかわりのある者に金をまいて穏便《おんびん》におさめる……ということなのだろうか。

『立ち入ったことは聞かないほうが身のため……ということもござる。そこは蛇《じゃ》の道、すべては拙者におまかせあれ』

野村は面貌《めんぼう》を引きしめた。すると下卑た面付きが、手妻でも使ったように、もとの怜悧《れいり》な奥祐筆の顔に戻った。

ここは頼るしかないか。

そう意を決しかけていたが、渡月斎はまだ迷っていた。

『端的《たんてき》にお尋ねするが、野村殿におまかせするとして、実のところ、なんぼぐらい、心づもりしとったらええんやろか?』

肝心なところである。渡月斎はずばりと聞いた。

『ことがことでござる。三千は見ていただかないと』

勿体《もったい》をつけることもなく、野村はあっさりと返答を寄越した。

『さ、三千両かいな!』

元与力の杉村には、泣く泣く二千両を返したばかりだった。といって、小磯を騙った男に払った千両のほうは、戻ってくるあてがない。

『泣きっ面《つら》に蜂《はち》とは、このことや』

そうぼやくと、

『その諺《ことわざ》を使うのは、いささか意味が違いましょう。拙者は蜂ではござらんぞ。蜂を追っ払ってさしあげる鎮守《ちんじゅ》の神じゃ』

野村は身を乗りだして反駁した。

『そうは言うても、三千両となると、おいそれと右から左に用意できる金高ではあらへんしな』

渡月斎は弱り目に祟《たた》り目という顔で、目を瞬《しばたた》かせた。

『宗匠殿は、こうした争い事には、不案内のようでござるな』

野村は、今度は嚙んで含めるような言い方をしてきた。

『拙者以外にも周旋の労をとろうという人物が、貴殿の前に現れるかもしれません。ですがな、おそらく五千両はふっかけてきますぞ。どこにいくら、かしこにいくら配るからなどと、いいかげんな見積もりを口にしてな』

やはりこの男に頼むしかないか。渡月斎は次第に追いこまれてきた。

『そ、それで、将軍さまのお蔵から、正物の竜田川が消えたことも含めて、解決してもらえるんやろか。まろは天地神明に誓《ちか》って、正物をくすねたりしとらん。そんなだいそれたこと、できるわけないやろ』

渡月斎は咳《せ》きこんで言いつのった。

『正物は、あの青山さまの用人を騙った男が、どこぞに隠しとるに違いない。そう、まろは睨んでおるのや』

『よいですか。いまはご自身に降りかかる火の粉《こ》を振り払うことが肝要でござる。盗人の詮議は、あとのことでよい。とにかく、そこは蛇の道。大船に乗ったつもりで、すべて拙者におまかせあれ』

野村はぐいぐいと、どこまでも押しこんできた。


「というのが、小磯を騙った男が訪ねてきて以来の、竜田川をめぐる顚末《てんまつ》や」

渡月斎の長々とした話は、ようやくひと区切り、ついたようだった。

「まさかとは思いますが、三千両はまだ払ったわけではないですよね」

三四郎の懸念《けねん》に、

「あたりまえや。まろはそないな迂闊《うかつ》な男と違うわい」

渡月斎は嚙みつくように返してきた。

「奥祐筆組頭・野村又右衛門の名は、たしかに武鑑には載っとる。かというて、三千両ふっかけてきたあの男が正物と、まだ確かめたわけやない」

「つまりは、野村という武士の真贋《しんがん》を鑑定するのが、三四郎さまとわての、今回の仕事でっか？」

凡平の問いに、

「それもあるが、全部や。江戸城に忍びこんだ盗人、偽用人・小磯の正体、竜田川の正物の在《あ》り処《か》、それに、一連の悪謀の絵を描いた頭目もおるはずや。この一件はまだ謎《なぞ》だらけなんやから、まとめて探索してこんかい。ええな、千両、かならず取り戻してくるのやで」

渡月斎は自棄《やけ》になったように、そう口走った。

「もう少し早目に、三四郎さまとわてに相談してくれとったら、こんなに追いつめられずに済んだんですわ。いまさら、わてらに尻を持ちこまれてもね」

凡平が皮肉《ひにく》をまぶすと、

「うぅ〜うぅ〜」

渡月斎は闘犬のような顔をゆがませ、唸り声をあげた。

「そのとおりだな。ただ渡月斎さまとしても、途中から、俺たちに言いだしにくくなったのだろう。見栄を張ると、身を亡《ほろ》ぼしかねないということだ」

「そのほうども、言わせておけば……」

渡月斎は憤怒《ふんぬ》に震えた。

「それで、その野村という奥祐筆だけど、そのあとはなにも言ってこないのですかな?」

三四郎はふと気にかかったことを問うてみた。

「ずっと音沙汰なかったんやが、痺れを切らしたのやろうな。今日になって、やってきおって、さっきまでここにいたのや」

つまりは先刻、隠密廻りの幕張章介に誰何《すいか》されていた人物こそが、野村又右衛門。そういうことだった。

「『宗匠殿、いよいよ差し迫ってまいりましたぞ。町奉行所に目付衆、それに御庭番まで加わって、近々、このご本家に探索の人数を差し向けるとのことでござる。そうなってはもう、拙者の手では抑えきれません』……などと脅してきよった。要は一刻も早く、金が欲しいのや」

少し余裕が出てきたらしく、渡月斎は鼻先に皺を寄せて笑った。

「『早くこちらの預け金口座のある、両替屋までご送金あれ』などとせっついてきた。『金繰りが一度につかないのなら、まずは半金だけでもよい。それをもって我らは、宗匠殿のために動きまする』などと折れてもきよった。まろは、もうしばらくは返答を引っ張れると確信した」

渡月斎はその辺に放ってあった笏を拾いあげ、三四郎と凡平に突きつけた。

「よいか、すぐに動くのじゃ。三年もの間、江戸で遊ばせておいたのは、この日のためであるぞ」

渡月斎の臆面《おくめん》のなさに、三四郎は苦笑を禁じえなかった。

「朝廷と幕府の御《ご》一和《いちわ》のためにとか、東西の手切れを防ぐためにとか。そういう上皇さまの叡慮《えいりよ》を奉《ほう》じて動く一件というわけでは、ないようですな」

渡月斎はふたたび余裕を失って、面相をひきつらせている。

「とにかく動いてはみますが、今度の一件はひたすら、渡月斎さまの足元をすくわんとする者の仕業だと思えます。すくってきた相手に、狙われたご本尊《ほんぞん》として心あたりはありませんか？」

からかうような三四郎の口ぶりに、

「ないことはない」

渡月斎は酢《す》を飲まされたような顔で応じた。

「かといって、いまのいま、特定の名は思い浮かばんわ。思いだしたら、知らせることにする」

もう行け、とでも言うように、渡月斎は笏を振った。

六幕

「お父《もう》さま、伊豆《いず》榮《えい》から鰻が来ました」

佐知子の鈴を転がすような声が、襖の向こうから聞こえた。

「おう、待っとったんや」

渡月斎は弾かれたように立ちあがり、襖を開いた。

上野湯島の界隈は、食道楽をうならせる鰻屋が幾軒もあるが、池之端の伊豆榮は、なかでも名代《なだい》であった。

「う〜めちゃめちゃ美味《うま》いわ。鰻は背開き、濃い口の醬油《しょうゆ》だれにかぎるで、ほんまに」

渡月斎は騒々しく舌鼓《したつづみ》を打った。

「伊豆榮の鰻懐石《うなぎかいせき》は、小さな蕎麦がついているのがよいな。この真っ黒な色をした汁の、やたら塩気の多い濃い味……もうたまらん」

江戸前の蕎麦きりをほとんどひと口で喉に流しこみ、汁まで一滴残らず飲み干した。

　佐知子はため息をつく。

「もうお父さまは、日頃、ご門人たちにおっしゃっていることと、真逆の好みなのだから」

　学問や伝統芸術、それに服飾や暮らし向きの細かなところまで、あらゆる文物は上方風こそが優美で至上《しじょう》のもの。江戸風は、何事もがさつで、もっさい。

　渡月斎は、ほとんどが江戸に生まれ育った門人たちの前で、口を酸《す》っぱくし、上方の優位を説く。もっさいとは、野暮ったいという意味だ。

　もっとも門人たちは、渡月斎の上方への偏向《へんこう》した愛を、愛嬌《あいきょう》として受け止めているのだが。

「やかましいことを申さんでもええ。なんにつけても、上方が関東よりも優《まさ》っておるのは自明のことやが、食い物だけは別儀じゃ」

　渡月斎は重箱の隅《すみ》までつつくように鰻重を腹中におさめながら、のたもうた。

「そんなに美味しいのなら、三四郎殿と凡平さんにも、振る舞ってさしあげればいいのに」

　佐知子が言うと、

「めっそうもないことや」

箸《はし》を握りしめた手を、渡月斎は鼻先で振った。

「こんな美味いもん、あげな味のわからん奴らには、もったいないわい。それこそ猫に小判《こばん》や。あ〜猫と申せば」

箸を置いて、渡月斎は嘆息《たんそく》した。

「江戸の人間は、鰹節《かつおぶし》を見つけた猫や。とにかく油断できへん。こたびこそは、三四郎に働いてもらわんとな」

佐知子は小さくうなずいた。

「さきほど三四郎殿と凡平さんには、多めにお手当てを渡しておきました」

「それでええ。今度はおおげさやなくて、この渡月斎の首がかかっとる。寝首を掻きにきた奴がおるんや。そやけどな、この皺首《しわくび》、むざむざ渡してなるものかい。返り討ちにしたるわ」

気分の高揚と消沈の落差が激しい渡月斎だが、愛娘《まなむすめ》の前では、けっして弱音は吐かない。

「お父さまったら」

佐知子は芍薬《しゃくやく》の花のような容顔《ようがん》をほころばせた。

「あのお優《やさ》しい光格の帝《みかど》が、なぜお父さまのような人をご信任あそばすのか、わかる気がいたします。帝にはついぞ備わっていないものを、お父さまは嫌というほど持ちあわせているのです」

「そりゃ、どういう意味や」

渡月斎はぎょろっと目をむいたが、それ以上は詮索《せんさく》してこなかった。

「なんにしても、この難局を乗り越えなならん。帝の思《おぼ》し召《め》しにお答えする前に、転げ落ちるわけには、いかへんからな」

唇をへの字に曲げ、渡月斎は京を発ってからの三年《みとせ》のことを思い起こした。


三年前の秋、渡月斎こと岩倉具無《ともむ》は、愛娘である佐知子を伴い、八瀬三四郎と凡平を供として、京の都からこの江戸にくだってきた。

岩倉家は村上源氏《むらかみげんじ》の名門ではあるが家禄・百五十石の貧乏公家で、しかも具無は庶子だった。宮中での出世はとうにあきらめていたが、どういうわけだか光格天皇の信任が厚かった。

光格天皇は、苦労の多い天子さまだった。まだ若いころに、尊号《そんごう》事件という朝廷と幕府との間のごたごたに巻きこまれ、心労が絶えなかった。

光格帝はいわば皇室の分家である閑院宮《かんいんのみや》から入って天子さまになられたのだが、実父である典仁親王《すけひとしんのう》に、太上天皇《だじょうてんのう》の尊号を贈ろうとした。それを、堅物な老中・松平定信に阻《はば》まれたのが、尊号事件である。

太政天皇は上皇《じょうこう》ともいう。ご譲位《じょうい》した天子さまの尊号である。典仁親王は閑院宮の当主であって、天子さまとして即位されていなかった。

これが原因で朝廷と幕府の間は、ぎくしゃくとした。

穏やかな人となりの光格帝は上皇になったあとも、朝廷と幕府の融和《ゆうわ》のことで気を揉み続けていた。

そこで寵臣《ちょうしん》の岩倉が献策し、公武御一和《こうぶごいちわ》を側面から進めるべく、世間には内密に江戸に遣東使を派遣することになった。

岩倉は遣東使の別当に任じられ、新進の茶道流派である嵐山流の宗匠という触れこみで、江戸に乗りこんだ。

茶の宗匠ともなると、江戸の武家社会にも豪商たちの世界にも、知己を広げやすい。

幕府は京都に町奉行所や所司代《しょしだい》を置いて、朝廷と公家社会を監視している。ところが朝廷の側には、これに対抗する出先がない。

進んで武家の都である江戸に身を置いて幕府の情勢を探り、先々朝廷との争いの種となりそうな動きを察知したら、未然にこれをとりのぞく。

これが、和をもって貴《とうと》しとする光格上皇が、遣東使を派遣するにいたった叡慮《えいりょ》であった。

池之端に新流派を開き、徐々に門人も増えはじめた。

しかし、配下としてつけられた八瀬三四郎は名うての気儘者《きままもの》で、とてもではないが思いのままになど動かせない。

もうひとりの凡平は幾分ましだが、最近は三四郎とお神酒徳利《みきどっくり》で出歩いてばかりいる。

公武御一和を進めるには、幕閣の要人を嵐山流の門人として取りこむことが手っ取り早いのだが、目論見《もくろみ》は一朝一夕《いっちょういっせき》には進んでいなかった。

「ところで、またあの顔の長いお武家が訪ねてきたのですね」

物思いに浸《ひた》っていた渡月斎に、佐知子が語りかけた。

「そうや。とりあえず千五百両、両替の三井越後屋《みついえちごや》の預け金口座に振りこんでくれと、急かしにきよった。三四郎にきっちり調べさせるが、どうせ猫に鰹節の偽者や。どうあっても、まろからむしり取る気やで」

「お父上さま……」

佐知子は柳眉《りゆうび》を曇らせた。

「心配はいらへん。三四郎と凡平には、少しおおげさに、とことん追いつめられているように言うたったが、まろかて抜かりなく手は打っとるのや。じつはもう関白《かんぱく》さまに文《ふみ》を書いた」

「ああ、関白さまに」

安堵《あんど》のため息が、佐知子の口から漏れた。

江戸にくだってくる前、佐知子は関白・鷹司政通《たかつかさまさみち》の屋敷で、行儀見習いのかたわら、華道と琴《こと》を習っていた。

渡月斎たちの江戸への派遣は、朝廷内において極密の扱いであったが、光格上皇は腹心である関白にだけは、その意図を伝えていた。

「守り札を一枚、青山老中のところに送ってくださりませと書いた。それで四、五日前にもう、飛札《ひさつ》で京師《きよう》に送った」

飛札とは、特急の早飛脚《はやびきやく》のことだ。

「まろに対して、かんかんやという青山老中はな、享和のころに所司代として京都におったんや。そのころから鷹司家とも入魂《じっこん》で、よう出入りしてはった」

　渡月斎はぬふっと笑った。

「関白さんはまだお若く、お父《もう》さまの鷹司政熙《まさひろ》さんが関白だった時代やが、この政熙さんが青山さんの面倒をよう見たったのや」

　面相を引きしめながら、渡月斎は続けた。

「青山老中が、ほんまにかんかんなのかは、ようわからん。あの馬面《うまづら》の奥祐筆は、どうせ偽者やしな。そやけど、今度の出入《いざこざ》で老中首座を押さえておくのは、悪くない手や。江戸にくだってきて最初の試練やが、打ち勝ってみせるわい。それにな……」

　渡月斎は皺深い眼《まなこ》をすぼめた。

「まろをはめたのは誰なんか、それとなく見当もついてきたで」

「と申されますと？」

「聞きたいんか……じゃがな」

　渡月斎には、愛娘の胸中が読めた。その名を聞いて、三四郎に知らせたがっている。

「まろはな、はっきりせぇへんことは、口にせぇへん。ただ、今度の剣呑《けんのん》は不忍池の対岸から迫ってきとる。そんな気がしてならんのじゃ」

渡月斎は、頬に凄《すご》みのきいた笑みを浮かべた。


「たまには、おまえも相伴《しょうばん》していけ」

渡月斎は佐知子を、食後の菓子に誘った。

ほぼ毎日口にするのが、深川佐賀町《ふかがわさがちょう》にある、船橋織江《ふなばしおりえ》の練《ね》り羊羹《ようかん》であった。

「たまらんな。京菓子は風味が淡泊《たんぱく》すぎる。干菓子《ひがし》の落雁《らくがん》などでは、けっして味わえへん、ずっしりとした甘みや」

感極まったという顔で、渡月斎は分厚く切った練り羊羹にぱくつく。

佐知子も、ほどよい厚みの練り羊羹を、目を細めて味わった。

「ところでな、佐知子」

渡月斎はさりげなく切りだした。案じる様子の、父親の顔であった。

「あの三四郎のことやが、あやつだけはいかん。悪い男ではあらへんが、あれは鬼の子や」

「はい。三四郎殿は、八瀬童子《やせどうじ》の一族の出と聞いております」

佐知子は動じることもなく、そう返してきた。

八瀬庄《やせのしょう》は比叡山の山麓《さんろく》にあり、八瀬の人々は延暦寺《えんりやくじ》の開祖《かいそ》である最澄《さいちょう》に仕《つか》えた鬼の子孫《しそん》であるとされる。

「佐知子が三四郎殿を好いてはならぬというのは、あのお方の母さまの身分が低いからでございますか？」

臆することなく、父親に挑《いど》むように問うてきた。

「そう、身分は低かった。あの男の母御《ははご》は、修学院離宮の湯殿番やった。光格の帝が愛された、修学院離宮のな」

そこで言葉を途切らした渡月斎に、佐知子は問い重ねてきた。

「お父さま、離宮の中で、なにかあったのでございますか。三四郎さまの母上が、なにか粗相でもあったのでしょうか？」

「いや、なんにせよあの男は、岩倉家の息女《そくじょ》たるおまえにはふさわしゅうない。さて、もう門人が集まってくる時分じゃな」

渡月斎はもぞもぞと尻をあげると、愛娘の刺すような視線を感じながら、居間を出ていった。

七幕

池之端・渡月庵の裏門外で出くわした日から三日後のこと。

同心の幕張章介と黒門町の荷吉が、九重を訪ねてきた。

「来たか、章介。なにはさておき、盛大にやろうじゃないか」

まだ夕《ゆう》七つ過ぎで、職人も仕事じまいしていないが、秋の短日であたりはもう暗い。飲みはじめても、さほどに顰蹙《ひんしゅく》を買う頃合いでもなかった。

「おい三四郎、おまえ、本当にこんな粋な船宿の座敷を根城にしていたのか。しかも女将は、飛びきりの別嬪《べっぴん》じゃないか」

最初は呆れ果てていた章介も、

「しっかし、ここの酒は美味いな。よし、今夜は八丁堀の屋敷に直帰《ちょっき》する。たまには羽目を外してもよかろう」

銚子《ちょうし》半分ほどの酒で、首から胸元まで真っ赤にした章介は、酷使《こくし》して型崩れしかかった羽織を脱ぎ、腰を据える構えをとった。

型のいい秋鯊《あきはぜ》の刺身や、鱚《きす》の天婦羅《てんぷら》を肴《さかな》に、半刻ほどさまざまな話をした。

三四郎は、まこと穴の空いた如雨露《じょうろ》のようなものだった。

さすがに、渡月斎たちが光格上皇さまの密命を受け、遣東使として江戸にやってきたというくだりには触れなかったものの、ここ二十日ばかりの間に、竜田川をめぐって渡月斎のまわりで出来《しゅったい》したことは、少しも包み隠さず、章介と荷吉に漏らしてしまっていた。

「まったくうちの旦那は、真面目すぎる。だからこそ、この若さで隠密廻りに抜擢《ばってき》されたわけだけどね」

凡平から酌《しゃく》をされながら、荷吉は嬉《うれ》しそうな顔でぼやいた。

「うちの三四郎さまのように、不真面目すぎるよりは、ずっとましでんがな。わても付き合いで遊び歩いて、日頃から心も身体もなまっとるさかい、たまに仕事が来ると、もうしんどうて、しんどうて」

荷吉のそれとは違い、凡平のぼやきは長い。

「あの渡月斎宗匠は難物や。やれ、竜田川の正物のありかを探れだの、宗匠をはめようとした男をとっ捕まえてこいだのと、喚《わめ》き散《ち》らすばかりなんやから」

ちびっと酒を舐めて喉を湿らせ、またぼやく。

「どこの誰に対して、どういう具合に探索しろとか、こと細かな指図はな〜んもなしですわ」

飲むごとに、酔うごとに、凡平の愚痴《ぐち》とぼやきは延々《えんえん》と続く。

「ところで三四郎、竜田川の件の経緯については、よくわかった。俺もできるかぎり、おまえに協力はしてやりたい。してはやりたいが、その前にな」

章介は酔いの浮き出た細面を、ぶるぶるっと振った。

「俺が頼んでおいたことを覚えているか」

「覚えている。本家の数寄屋を普請《ふしん》したり、道具類をそろえたりする掛かりを、どう工面したかだったよな。ちゃんと聞いておいたぞ、爺さまから」

吸い物の蓋《ふた》でぐいぐいやりながら、三四郎は続けた。

「寺銭《てら》だよ。爺さまの京都の家は博徒《ばくと》に座敷を貸して、寺銭を取っているのだと よ。洛北《らくほく》の村々や、洛中からも手慰《てなぐさ》みの好きな連中が集まって、毎晩、熱くなっているらしいぜ」

まんざら嘘ではないので、三四郎はよどみなく言葉を並べた。

「それでな、その寺銭を元手に、大坂・堂島米会所《どうじまこめかいしょ》の空米取引《くうまいとりひき》で勝負していたのだ。家が博打場《ばくちば》だったから博才はある。米の空取引の相場でしっかりと貯《た》めこみ、江戸に出てきたってわけだ」

すでに数本の銚子を飲み倒している三四郎は、活舌《かつぜつ》よく言葉をつないだ。

「もうひとつは、小人目付だと言い張っていた、あの馬面のことだったよな。こいつはさっきからの一連の話に出てきたように、奥祐筆組頭という触れこみで嵐山流本家に乗りこんできたが、どうせ偽者。正物は、きっと丸顔だろうぜ」

三四郎は呵々《かか》と笑った。

「だがな、岩倉渡月斎というのは、おまえがなんと言おうと怪しいぞ」

章介は、ぴしゃりと膳の上に杯を閉じた。

「貧乏公家が、賭場の寺銭と米相場で財を成した……そこまではともかく、そんな破天荒《はてんこう》な公家崩れが、どういう思惑があって江戸で茶道の流派など開いたのだ。なぜおまえは、渡月斎とそこまで混み入った話ができるのだ」

章介は怖い顔をして迫ってきた。

「つい気を許してしまったが……三四郎、おまえも渡月斎に負けず劣らず、正体が知れん。二十俵二人扶持の御家人だというが、この前、言いかけていた、このえどうしん……というのはどういう役職なのだ」

「だから、九重同心だ。おう、拍子のよいことに、来たぞ。いにしえの、奈良の都の八重桜、きょう九重に匂ひぬるかな……の女将が」

追加の銚子を運んできたおりきが、座敷に入ってきた。

「まぁまぁ、幕張の旦那」

と、章介ににじり寄る。

「お強いのでしょう。酒も探索のお手並みも八丁堀一だというお噂は、柳橋にも流れてきておりますよ」

おりきは白い手をそえて、吸い物の蓋を章介に持たせた。とくとくと注ぐ。

「こ、これでか」

お猪口《ちょこ》に三杯ぐらいが適量らしい章介は、怯《おび》える目をした。

「さぁ、ぐっといってくださいな」

「そもそも、私が酒に強いなどと、誰がそんないいかげんな噂を」

章介は歯嚙みしながら、吸い物の蓋を見つめている。

「じゃあ、旦那。あっしが代わりにいただきましょう」

荷吉が代役でぐいっと干すと、章介はほっと吐息《といき》をついた。

「旦那も親分も、三四郎さんのことをよろしく頼みますよ。この人に界隈の船宿の用心棒を頼んで、九重同心と命名したのは、わっちなんだから」

三四郎、凡平の杯に順繰りに注ぎながら、おりきは言葉を足した。

「人柄については、わっちの折紙つきです。ですから、仲良くしてくださいね。それで連れだって、うちでたんと飲んでってください」

　おりきが混ぜ返すと、

「そうか、三四郎とは要するに、そこらにいるような遊惰《ゆうだ》な御家人なのだな。嵐山流本家との関係は気にはなるが……まぁ、いいか」

　章介は安堵したように、目をやわらげた。

「ごめんくださいましよ」

九重の男衆《おとこしゅ》が座敷に入ってきて、荷吉に結び文を手渡した。結び文といっても半紙をたたんだ、かなり大きな書付だった。

「皆さん、ちょっとお耳をいいですかい」

　荷吉が頰を引きしめると、おりきと男衆は、すっと席を立った。

「小人目付を名乗っていた馬面ですが、じつはあっしの一存で、手下を張りつけておりやした。その手下からの一報が、やっと届きました」

　結び文を畳に広げると、荷吉は一同をくるっと見まわした。

「小競りあったあとから、ずっとつけさせていたのだな。さっきは言い忘れたが、あの馬面が爺さまに入門を申し入れていたなんて、真っ赤な嘘だったぜ」

荷吉に相槌を打つついでに、三四郎は章介から頼まれていたもうひとつに、返答した。

「手下の次郎吉《じろきち》っていうのは、めっぽう身のこなしの軽い奴でしてね。あの馬面が江戸中のあちこちを動きまわっている様子を、ばっちり目にとめてきてくれました」

荷吉は結び文を見やりながら、先を続けた。

「一昨日、池之端から向かったのは、近場でした。上野広小路の盛り場の先にある同朋町です」

「察するに、茶坊主頭の淡輪悦阿弥の屋敷だな」

「おっと、ご明察です」

三四郎が言いあてると、一同は顔を見あわせ、うなずきあった。

荷吉は結び文の文面を追いつつ、

「ほ〜う、なるほどな」

とつぶやいた。

「悦阿弥の屋敷の次は、また近場で、上野車坂町《くるまざかちょう》の仕舞屋《しもたや》。ここは根来綱三郎《ねごろつなさぶろう》っていう、関東一円をまわっている旅役者一座の座頭《ざがしら》の家でした」

「おい、青山家の用人・小磯になりすました貧相な男は、その旅役者の座員かもしれないぞ」

三四郎がなかばあてずっぽうで口をはさむと、

「ああ、たぶんそうじゃないかな。臭《くさ》い芝居をするには似つかわしい生業《なりわい》だ」

間髪をいれずに、章介が同意してきた。

「それから昨日、馬面はその仕舞屋を出て外出したんですが、足を運んだ先がまたぞろ近場でした」

そこまで聞いて、三四郎は敵の正体がおぼろげに、いや霧が晴れて、かなりはっきりとつかめた気がした。

「おい凡平、不忍池をはさんだ向かい側に、爺さまの好敵手が流派の看板を掲げているのだったよな」

「へい、こっちが信玄《しんげん》なら、池向こうは謙信《けんしん》やなと、渡月斎さまはたびたび言わはってました」

「おっと、またもやご明察です」

荷吉は、ぱんぱんと手を叩いた。

「馬面が出向いたのは、不忍池の北側にあたる上野八軒町《はちけんちょう》。茶道・天王寺流《てんのうじりゅう》の本家でした」

「天王寺流だと？　やはり津田宗仁《つだそうじん》か」

章介は片眉を、きゅっとつりあげた。


「つだそうじん、とは聞かない名だな。おまえがなにかの件で、目串しを差している男か？」

三四郎の問いかけに、

「知らないか……まぁ無理もないが、ならば先祖の津田宗及《そうぎゅう》なら聞いたことがあるだろう。千利休《せんのりきゅう》、今井《いまい》宗久《そうきゅう》とともに、天下三宗匠と称された堺《さかい》の豪商だ」

章介は、見た目よりは学のあるところを見せた。

「三宗匠か、知らんな。山椒味噌《さんしょうみそ》なら、豆腐《とうふ》に乗せたり、握り飯の具にすると美味いがな」

三四郎の駄洒落《だじゃれ》に呆れながらも、章介は天王寺屋のいわれと、宗匠である宗仁のことを教えてくれた。

千利休の子孫が、武者小路《むしゃこうじ》千家《せんけ》、表千家、裏千家の三千家として、茶道の家元として隆盛《りゅうせい》なのに比べて、津田家の天王寺屋は豪商としても茶道の宗匠としても途絶えた。

しかし傍系《ぼうけい》の子孫が上方から江戸に出て、天王寺流という茶道を興し、不忍池の北側に本家をかまえた。それが、津田宗仁であるという。

「上方からやってきた新興の茶道流派だ。どことなく似ているだろう、池の南側の池之端に本家をかまえる家元と」

「なるほどな。それでおまえは、うちの爺さまだけでなく、その宗仁のことも胡散《うさん》くさいと、前から決めてかかっているわけだな」

三四郎はくっくっと小腹を揺すった。

「怪しいという点では、天王寺屋のほうが臭みが濃い。といって、俺が勝手にそう決めつけているわけではない。やり口がなんにせよ、強引なのだ。門人を集める手法もそうだが、名物狩りと称して、茶道具類を収集する手口がな」

章介は口元をゆがめた。

「ほら、最初におまえと会ったときに、俺は系図買いをしている悪党どもを追っているところだという話をしたよな」

「ああ、聞いた」

その刹那、三四郎に、ひらめくものがあった。

「おい、ひょっとすると、その系図買いの奴らが、天王寺流の名物狩りに、ひと役買っているのか」

「俺はそう睨んでいる。まぁ聞け。俺が三年がかりで調べあげたことだ」

章介は酔いの覚めた顔で語りだした。


家計が窮乏《きゅうぼう》する小普請の旗本・御家人の家に、幕臣を装って出入りし、家宝の茶道具などをただ同然で買いあげていく一味がある。

一味の者らは、それぞれ矢吹左門《やぶきさもん》という小普請組頭の紹介状を持ち、貧乏旗本や御家人の家をまわる。

その紹介状において、この人物は道具類の目利きでもあると、組頭である矢吹左門が太鼓判を押している。

目利きの幕臣に化けこんだ者らは、

『貴殿が小普請から脱してお役に就き、貧乏からおさらばするためには、もっと各方面に運動しなければなりません。その資金を工面するには、さしあたっては道具類をお売りになるしかございますまい』

などと言葉巧みに、納戸から道具類を持ってこさせる。

いまは落魄《らくはく》していても、そこは徳川家の直参《じきさん》。ひとつやふたつは由緒《ゆいしょ》ありげな茶碗、茶壺、書画などを所蔵している。

目利きを装う一味の者らは、それら家宝を不当に安く仕入れ、極書を添付したり箱書を書いたりして転売し、暴利を得ている。

「……というのが、俺が迫りつつある系図買い一味の手口だ」

章介は吐き捨てるように言った。

「これはもう、盗人以上の悪辣《あくらつ》なやり口だ。そうは思わないか」

語りながら、章介は激昂した。

「なるほどな。つまりは、目利きの幕臣に化けこんで系図買いしているのが、根来綱三郎一座の旅役者たち……そういう絵解きに結びついてくるわけか」

三四郎は頬に苦い笑みを浮かべた。

「そうだ。これまで俺は、系図買い一味の足取りを追い、ずいぶんと時間をかけ、天王寺流につながっているところまでは、つきとめていた。なにしろ新興の流派なのに、みるみる名物が増え、納戸を建て増ししているぐらいだからな。とにかく今回の次郎吉の働きで、探索が一気に進んだ」

章介の顔面は紅潮していた。

荷吉と章介の話を聞き終えた三四郎は、腕組みして思案をめぐらせた。

「系図買い一味が、今度は青山家の用人や奥祐筆を騙って嵐山流本家に近づき、爺さまを罠《わな》にはめようとした。そして彼奴めらは、爺さまの商売敵《がたき》である天王寺流につながっている……最初に系図買いの話を聞いたときは、どうして窮乏した小普請の連中が、先祖伝来の家宝を二束三文で手放すのか理解できなかった。要するに、そういう絡繰《からく》りだったのだな」

三四郎は鼻から息を吐いた。

窮乏の原因はひとえに小普請でいること。そのため貧しい旗本・御家人たちは、お役入りを切望している。

そして、誰をお役に推薦するかは、組頭の思惑ひとつだ。

なので誰も組頭の意向には逆らえないし、そもそも組頭には、小普請の人々の生活をあれこれ指導して、相談に乗る権利と義務がある。

「その組頭である矢吹左門が差し向けた人間の言うことを、小普請の連中としては聞くしかないわけだよな……」

三四郎の脳裏《のうり》で、幾本もの糸がしゅるしゅるとつながりはじめた。

「要は、章介が追っていた系図買いの一味と、岩倉の爺さまに騙りを働いて葬《ほうむ》ろうとする連中は、一体だということだ」

　この一件の絵柄が、かなりくっきりと瞼《まぶた》に浮かぶのを感じていた。

「最初に爺さまのところに来た貧相な男と比べると、あとからの馬面のほうが役者として堂に入っていた。おそらくこっちが、座頭の根来綱三郎だろうな」

　三四郎は思案を重ねつつ続けた。

「忘れてはいかんのが、淡輪悦阿弥。あの茶坊主の実父は、向島《むこうじま》の中野碩翁だった。将軍家と加賀百万石に、絶大な影響力を持つ爺ぃだ。芝居の筋書きを書いたのは、爺ぃか、悦阿弥のどちらかだろうな」

　三四郎の言に、一同はこっくりとうなずいた。

「よし、一件の絵柄をあらためてまとめてみよう」

　ところどころに推量を交えつつ、三四郎は一本につながった糸を言葉にしていった。

「碩翁と悦阿弥の父子は、小普請組頭である矢吹左門に命じ、根来綱三郎一座の者を幕臣に化けこませた。そして小普請の連中から家宝を奪取、偽筆《ぎひつ》家を使い極書を捏造《ねつぞう》しながら、並物は転売し、上物は天王寺屋の道具蔵に納めている……このあたりまでは、章介が独自に迫っていたのだよな？」

まずそう口にすると、

「ああ、さっき話したとおりだ。ただ、碩翁と悦阿弥の父子が左門を動かしていたところまでは、正直、迫れてはいなかった」

章介は正直にそう告げた。

「いま思ったのだが、上物は中野碩翁のところにも献上されるのかもしれんな。悦阿弥の実父である碩翁には、誰も手が出せん。老中も目付もな。なんとか風穴を空けてやりたいが、徒労《とろう》に終わるのは目に見えている」

章介が歯ぎしりした。

「それから、碩翁と天王寺流の関係だが、ここがまだ判然としない。三四郎、おまえのほうで思い浮かぶことはないか」

章介は首をひねりながら、三四郎に振ってきた。

「天王寺流と碩翁との関係はわからないが、渡月斎の爺さまが、連中に寄って集《たか》ってはめられかけた理由は、いとも簡単だ。門人集めの陣取り合戦と言おうか、新興の流派同士のさやあてだろう」

肝心なところだった。三四郎は眉を寄せて、束の間、思案した。

「天王寺流・津田宗仁の年まわりは、いくつぐらいだ？　出自ははっきりしないのだよな」

「年は四十ぐらいらしい。出自はわからん。そちらの老人と違って上方弁ではないから、江戸の生まれだとは思うが」

「おっと、ひらめいたぜ」

　章介の返答を聞いて、すぐに思いあたった。

「天王寺流というのは上方から来たという触れこみらしいが、案外、江戸近郊の向島あたりの産かもしれないぜ」

　三四郎はむふっと頬をゆるめた。

「津田宗仁が碩翁爺ぃの隠し子だとすれば、悦阿弥とは兄弟だ。悦阿弥が兄弟のために、江戸城内で竜田川が紛失したという芝居の筋書きを書き、役者を使って嵐山流を陥《おとしい》れようとしたと考えれば、平仄《ひようそく》は合う」

　悦阿弥はお数寄屋坊主頭で、将軍家の道具類を管理する職責にある。つまり、持ちだそうと思えば、いつでも持ちだせるわけであった。

「三四郎さま、見事な読み筋ですぜ。それならば、系図買いの一味が、端《はな》から天王寺流とつながっていたのも納得できます」

荷吉が満面に笑みを浮かべた。

「さすがは近衛同心の俺だ。いつもの伝で、九重で飲んでくだ巻いていただけで、とん、とん、とん、と絵解きが進んできたぜ。おい、章介」

自画自賛した三四郎は得意満面で、章介をけしかけた。

「悦阿弥の屋敷と、念のために根来綱三郎の仕舞屋。この二か所に、一気に奉行所の人数を踏みこませろ。どちらかに、江戸城から消えた竜田川の正物があるはずだ」

単なる山勘だが、向島の碩翁の屋敷、もしくは上野の天王寺流本家には、まだ運ばれていない気がしていた。江戸城からくすねてきたのは悦阿弥だろうから、あるとすれば同朋町の悦阿弥の屋敷ではないか。

とにかく物《ぶつ》を押さえたうえで、悦阿弥なり、根来綱三郎の一味に泥を吐かせれば、とりあえず渡月斎への疑いは晴れる。三四郎と凡平の仕事も、手っ取り早く片付くというわけだ。

「そうしたいのはやまやまだが、できんのだ。あいつらの後ろに、向島の碩翁がいる以上、誰も怖がって手を出さん」

章介は無念そうに唇を噛んだ。

「駄目元《だめもと》でお奉行さまにご相談したら、どないだす。北の榊原主計頭《さかきばらかずえのかみ》さまといえば、この五月にかの大泥棒・鼠小僧次郎吉《ねずみこぞうじろきち》にお縄をかけて、満天下の喝采《かっさい》を浴びたお奉行さまやろ。向島の爺さんの横車なんぞに屈《くっ》せんお方と違いますか」

お気楽そうに口をはさんだ凡平に、

「次郎吉などは小鼠だが、系図買い一味の後ろにいるのは、猫も近寄らないような大鼠どもだ。下手に向かっていけば、榊原さままでも木《こ》っ端微塵《ぱみじん》に吹き飛ばされるのがおちだ」

「まったく、中野碩翁というのは、悪党の守護神だな。摩利支天《まりしてん》のようにおっかない守護神だ」

三四郎が笑い飛ばすと、章介は酢を飲んだような顔をした。

「三四郎さん」

おりきの声がして、襖が小開きになった。白い手が手招きしてくる。

「なんだい、女将？」

「お客さまですよ、それは愛くるしくて、きれいなきれいなお姫さま。下でお待ちですからね」

おりきは婀娜《あだ》っぽく片目をつむった。

「さてと、夜半に俺を訪ねてくる美形となると」

つぶやきながら階段をおりていったが、目星はついていた。

「やはり、あなたでしたか」

嵐山流華道の娘宗匠である佐知子が、暖簾の下に立ち、路傍《ろぼう》を見つめていた。

いかにも京生まれらしい瓜実顔《うりざねがお》の佳人で、獰猛《どうもう》な土佐犬のような父親とは似ても似つかない。

万筋《まんすじ》の文様《もんよう》の小紋に、笹竜胆《ささりんどう》の紋が入った金茶色の羽織を重ねている。

笹竜胆は岩倉家の家紋であり、嵐山流・家元の家紋でもあった。

「あれは犬蓼《いぬたで》の花です」

佐知子は、穂になって咲く紅色の小花を指さした。

「犬蓼というのですか。道端に咲く、雑草にしか見えませんが」

思ったままを口にすると、佐知子はくすっと笑った。

「お父さまから言伝《ことづて》があります。よろしいですか」

船宿の人の目を気にしたのか、佐知子は自然な足取りで、九重を出た。

柳橋・北詰の欄干《らんかん》に背をあて、ふたりは向かいあった。

「お願いしていた竜田川の探索の件なのですが、池向こうにある天王寺流の本家にあるのではないかと、お父さまは申しております……というか、父はそう考えているのではないかと、わたくしは思うのです」

柳眉に憂《うれ》いの色があった。いまの渡月斎は相当な危地にいる。そんな気配を佐知子は感じているのだろう。

「そうですか……」

佐知子を思いやりつつ、おかしみがこみあげてきた。

渡月斎なりに自分を刺してきた相手が誰か、思慮をめぐらせているのだろう。

いま現在の、自分の一番の敵対者は誰か。そう考えれば、刺してきた相手を推量するのは、渡月斎にとって造作もないことだったはずだ。

「仕掛けてきたのが天王寺流とは、渡月斎さまもお考えになりましたな」

その程度のことは誰でも考えつく。猿知恵とたいして変わらないと言いたかったが、直《す》ぐな心の持ち主である佐知子の前では、違う言葉遣《づか》いをした。

「佐知子さん、あまりご心配なされずともよい。この一件、私が二、三日中には片付けてしまいます」

三四郎はあっさりとそう告げて、小寒そうに襟を合わせた。

「まことでございますか」

佐知子が愁眉《しゅうび》を開いた。

「まことのことです。近衛同心であるこの三四郎、正真正銘《しょうしんしょうめい》の町同心とも知己になりましてな。凡平だけでなく手駒《てごま》も増えましたので、ちょちょいのちょいで、決着させて見せます」

三四郎はいつものとおりの能天気で、からからと笑った。

「ご安心してお帰りください。池之端までお送りしたいのですが、あいにく盟約を結んだ町同心と、まだ軍議が続いておりますので」

佐知子を送っていくのはいいが、渡月斎の目にとまったら癇癪《かんしゃく》を起こすに決まっている。

「ひとりで帰れますので、ご案じなきよう」

すねたように、佐知子は月を見あげた。

月光に照らされた頬が、白磁《はくじ》のように光っていた。

羞月閉花《しゅうげつへいか》。かつて渡月斎は、自分の娘のことを、そんなふうにたとえていた。

月も恥じらい、花も閉じるほどの美女という意味らしい。

しかし今夜の月は秋の冷気にさえざえと輝き、路傍の犬蓼の小花は、開いているのか閉じているのか、よくわからない。

「とにかく、これで安心して帰れます、来てよかった」

別れ際には、曇りない笑みを浮かべて、佐知子は去った。

その背を見送りながら、三四郎は思った。

渡月斎は、竜田川のありかが天王寺流本家と踏んでいるが、自分としては悦阿弥の屋敷だと、いまは確信していた。

上野八軒町の天王寺流本家と、同朋町の悦阿弥の屋敷は、不忍池をはさんで正反対の位置にある。

自分と渡月斎では、山勘の働く方角も違うようだ。

(この一件は、天王寺流の要請で、悦阿弥がまず動いた。将軍さまの蔵から失敬するなら、別になんでもよかったわけだが、竜田川にしたのは、目利きの茶人としての悦阿弥が、日頃から目をつけていたからだろう。つまり竜田川は、悦阿弥の好みなのだ。しばらくは手元に置きたいのが人情だろうぜ)

なんとか悦阿弥の屋敷に忍びこみ、竜田川をかっさらってくる手立てはないものか。

三四郎は月を見ながら思案に暮れていた。

八幕

湯島妻慈町にある三四郎長屋の朝は遅い。

三四郎を筆頭に、読売屋《よみうりや》の売り子だの岡場所《おかばしょ》の妓生太郎《ぎゆうたろう》など、遊んで食っているような手合いがほとんどだからだ。

「おい、三四郎はいるか！」

それなのにその朝は、朝ぼらけから甲高《かんだか》い声が響き渡った。

腰高障子を叩く声は、幕張章介だった。

「はい、はい、開いてまっせ」

目をこすりながら二階からおりてきたのは、凡平だった。

三四郎長屋は裏長屋だが、二階建ての割長屋の棟《むね》もあった。

一階の六畳が三四郎で、二階の六畳が凡平。渡月斎の厳命で、三四郎を四六時中見張るべく、先月から同居しているのだった。

「心張棒もつけてねぇ。不用心だなぁ」

笑いながら土間に立ったのは、黒門町の荷吉だった。

「ごめんなさいましよ」

荷吉の後ろから、紺木綿をすねっぱしょりした男が、小さく手刀を切りながら一緒に土間に入ってきて、

「猿《ましら》の次郎吉と申します」

と低頭した。

この男が、根来綱三郎と思しき馬面をつけまわした、荷吉の手下だろう。

小柄で敏捷《びんしょう》そうだが、髪が薄くて年寄りくさい顔をしている。

「どうした、せまい土間に三つ雁首《がんくび》を並べて。おまえらは北町の三羽烏《さんばがらす》か」

そう戯《ざ》れ口《ぐち》を叩きながら、三四郎はのっそりと寝床にあぐらをかいた。

「おい、目を覚ませ」

章介は水甕《みずがめ》から柄杓《ひしゃく》で水をすくうと、三四郎に突きだした。

「顔を洗ってしゃきっとしろ。おまえがおりき女将と同衾《どうきん》している夢を見ている間に、事態は動いたのだぞ。めまぐるしくな」

「おお、ありがたい。痛飲《つういん》した翌朝は、これが甘露《かんろ》だ」

三四郎は柄杓の水を、ごくごくと喉に流しこんだ。

凡平が気を利かして、大きな急須と欠け茶碗を小盆に載せ、大家の家から借り

てきた。

おのおのに茶が配られ、都合、五人。布団を隅に押しのけて車座となった。

「人数を集めた。淡輪悦阿弥の屋敷と、天王寺流・津田宗仁の屋敷に、徹底的に張りこみをかける。そして場合によっては、すぐさま踏みこむ」

章介が急きこんで口を切った。

「系図買いで巻きあげた道具類を摘発するし、偽筆家が出入りしていたら取り押さえる。お奉行の許しが出たのだ」

ほう、と三四郎と凡平は、章介の口元を見つめた。

「じつは昨夜遅く、同心職を辞す覚悟で、お奉行と面談してきたのだ。そうしたら、お奉行はいやに物わかりがよくてな。好きなだけ、突っ走れ。与力たちにも後押しをするように申しつけておくと、そう仰せくだされた」

章介は誇らしげにまくしたてたが、

「なんとも、ありがたきお言葉であったのだが……」

最後のほうで、いささか語調が弱まった。

「あきらかに様子が違うのだ。これまでは、天王寺流本家の探索については、及び腰であった。お奉行は、柳営の生き字引。津田宗仁が公儀《こうぎ》の上のほうとつながっているところ、薄々、知っておられたのだろう」

榊原主計頭は、気骨ある正義派だが、勘定奉行に在職四年、町奉行に十三年の古狸《ふるだぬき》でもある。幕閣の権力の趨勢《すうせい》や政局については、誰よりも読みが深かった。

「それが昨日になって、にわかに風向きが変わったのだ。天王寺流だけでなく、中野碩翁の実子である淡輪悦阿弥の探索にも、遠慮はいらぬ、どんどんいけ、骨はわしが拾ってやると、実に頼もしきかぎりだった」

「なにか、いいことでもあったんですかね。将軍さまに褒《ほ》められたとか。年甲斐もなく、妾《めかけ》が子をはらんだとか」

荷吉が勘ぐると、

「俺は親しい内与力に聞いてみた。そうしたら、夕刻になってにわかに老中の青山さまからお召《めし》があり、半刻ほど話しこまれて帰ってきたそうだ。ご老中から加増の内示でも出たのかな」

章介もまた、勘ぐった。

「……三四郎さま、使《つこ》うたのかもしれまへんで、渡月斎さまが手妻を……」

凡平がにやっとした。

「そうだな。ただ手妻といっても、誰か偉いさんに救いを求め、一筆啓上したのではないか。爺さまは見かけによらず筆まめだから」

「せやな。わてらの前ではとことん横柄《おうへい》やけど、裏ではこそこそと下手《したて》に出て、偉いさんに尻尾《しっぽ》振る人間ですわ」

三四郎と凡平は、くっくっと鼻先で笑いあった。

「それはそうと、おまえさんはお手柄だったたな。昨夜のあの結び文のおかげで、一件の絡繰りがぐっと手繰《たぐ》れてきたぜ」

持ちあげてやると、次郎吉は、でへへ、と頭を掻いた。

「猿というのは二つ名かい。なるほど、猿にも似てるがどちらかというと……」

三四郎は持ち前の遠慮のなさで、次郎吉を上から下まで舐めるように見た。

「次郎吉の顔のことなど、どうでもよかろう。それより、じつはここに来る前、手はじめに根来綱三郎の仕舞屋に朝駆けをかけてきたんだが、空振りだった。もぬけの殻《から》だ」

章介は舌打ちをした。

「茶坊主の悦阿弥は幕臣だからな。町方が膝詰めで詮議するのは、はばかりがある。だから、叩くならあの男だと思っていたのだが」

苦い顔をして章介は続けた。

「綱三郎の似面絵《にづらえ》を作って、江戸中にまくことにした。次郎吉を似面絵師のところに連れていく途中で、ここに寄ったってわけだ」

「なるほどな。この猿は、あの馬面の偽奥祐筆のことを、池之端から何日もずっとつけまわしていたのだったな」

三四郎がうなずくと、

「へい、あの辛気《しんき》くさい役者顔は、目に焼きつけてありますぜ」

次郎吉はきっきっと歯をむいて笑った。

その刹那、ひらめくものがあった。

「わかった、おまえが猿よりも似ているのは鼠だ、禿げ鼠だ」

三四郎が両手を打つと、凡平と荷吉が、くっと噴きだした。

「三四郎さまも遠慮がねぇなぁ。これでもまだ独り身で、これから女房をもらおうと思っているんですぜ」

次郎吉は頭を掻いて苦笑しているが、その刹那、再度、ひらめくものがあった。

「おい、章介」

三四郎は、生真面目な同心に笑いかけた。

「この男、猿の次郎吉というのは、世間をはばかってつけた二つ名……正体は、鼠小僧次郎吉だろう」

　えっ、と絶句したのは凡平だった。

「ちょっと待っておくれやす。あの天下を騒がした大泥棒なら、この五月に北の榊原さまの采配《さいはい》でお縄になり、八月に市中引きまわしのうえ、獄門《ごくもん》になったはずやないか」

　凡平は目をぱちくりした。

「おまえさん、ひょっとして、これかいな」

　両手のひらをさげて、うらめしや〜と当の次郎吉ににじり寄る。

「よ、よしてくれ、気色悪いぜ」

　次郎吉は荷吉にしがみついた。

「ばれたら、しかたがないな」

　章介はすっぱりと告げた。

「さる八月の十九日、この次郎吉は小伝馬町牢屋敷の、土壇場に据えられた。首切り役の山田浅右衛門《やまだあさえもん》殿がいつもの冷徹な所作で、『千人切り』と称される銘刀《めいとう》を上段にあげたのだ」

「そうかい、山田浅右衛門てのは、寸止めの達人でもあったわけか」

だいたいの筋書きを察した三四郎は、愉快そうに喉を鳴らした。

「お奉行と私とで、相談して決めたのだ。この男は猿か飛燕《ひえん》のように、空中を飛翔《ひしょう》できる。改心さえさせれば、役に立つ男だとな。それでとりあえず荷吉に預けて、使ってみることにしたのだ」

「榊原奉行とおまえの判断に、とやかく言うつもりはない。それに誓って他言もしない。その代わりといっちゃなんだが、この元大泥棒に、俺のほうでもひと働きしてもらってもいいか？」

章介、それに荷吉も、不安そうな顔で三四郎の顔を見つめた。

「名だたる大名屋敷に跳梁跋扈《ちょうりょうばっこ》して、千両箱をいくつもかっぱらってきた男にとっては、造作もない仕事だ」

三四郎は愉快そうに、言葉をつないだ。

「それから、似面絵の登場人物と絵柄も変える。茶坊主の悦阿弥が竜田川を背負って、こそこそと江戸城の不浄門《ふじょうもん》あたりから、ずらかろうとしている……よし、これでいこう」

九幕

この一件はそれから数日で、一気呵成《いっきかせい》……というより、あっけなく収束へと向かった。

「正真正銘の竜田川は、そこはかとない気品が漂っておったのう。贋物とは、赤みの色使いが、やはり微妙に違っていたわい」

池之端の渡月庵の書院であった。

鑑定には一見識もないくせに、渡月斎は取り澄ました顔で講釈を垂れた。

淡輪悦阿弥の屋敷から、次郎吉が造作もなく盗みだしてきた竜田川の正物は、江戸城に戻される前、こっそりと渡月庵に持ちこまれた。

しばらくの間、じっくりと鑑賞した渡月斎は、後ろ髪を引かれる思いで竜田川の正物を返し、そのあとこうして幾度も脳裏に浮かべているのだった。

一昨日は、評定所《ひょうじょうしょ》の式日であった。寺社奉行、町奉行、勘定奉行の三奉行だけでなく、老中や大目付《おおめつけ》、目付も臨席する。

その評定所の玄関に、朝から異なものが置かれていた。何者の仕業なのか、桐箱の上に載せられた竜田川が、式台に置かれていた。

そして桐箱の横には、絵が貼りつけられ、淡輪悦阿弥にすごくよく似た茶坊主が、竜田川を背負い、不浄門である平川門《ひらかわもん》から抜けだすさまが描かれていた。

老中や目付衆が、次々と脇を歩きすぎながら首を傾げていたが、やがてひとりが、

『こ、これは』

と絶句し、評定所は大騒ぎとなった。

そしてすぐに、水面下で折衝《せっしょう》がはじまった。

中野碩翁、および碩翁と親しい老中・水野出羽守《みずのでわのかみ》。対するに、青山下野守に大久保加賀守《おおくぼかがのかみ》という正義派の老中ふたり。

この両派が対峙するかたちになったが、さして時を要することなく、談合は決着を見た。

なにもなかったことにする。ただその一点が合意された。無論、妥協《だきょう》の産物としてである。

将軍家のお道具である、柿右衛門の竜田川が紛失した……それ自体がなかったことになった。したがって、悦阿弥にもお咎《とが》めなし。

中野碩翁の意を受けて系図買いの一味を動かしていたと思われる小普請組頭・矢吹左門については、別口のとるに足らない失態《しったい》を理由に、百日の閉門《へいもん》が言いわたされた。

「しかし惜しいのう。できれば、まろがずっと手元に置いて、撫《ぶ》していたかったものじゃが」

とろりとした目の渡月斎に、

「正物も贋物もたいして有難味《ありがたみ》に違いはないだろうぜ。贋物にころりと騙されて千両払ったのは、どこのどなただったかな」

三四郎が流し目をすると、

「あの日は、まろは風邪《ふうじゃ》を引いていたのじゃ。それで目がかすんでしまっとった。おそらくは、悦阿弥を訪ねたときに、うつされたのやろ」

悦阿弥を訪ねたのは、贋物を買ったあとのことなのに、渡月斎は悪びれた様子もなかった。

「それにな、三四郎。さきほど与力の隠居の杉村がまいってな。一度、まろに返した茶壺だが、やはりどうしても所望したいと願ってきた。千両でな」

渡月斎は、ほくほくと頬をゆるませた。

「贋物とはいえ、千両の値打ちのある逸品であったのじゃ。かすみ目のまろが、正物と見紛ったのも、しゃあないやろう」

もう苦笑するしかなかった。

贋物とわかりきっている茶壺を、誰が千両で買い取るものか。

渡月斎は、千両で買ったものを、結局のところ千両で手放した。つまりは、いってこいでチャラである。

贋物を千両で買い取るという杉村の馬鹿げた申し出も、『なにもなかったことにする』という碩翁側の意図が働いてのことなのだろう。

「それにしても、大山鳴動して鼠一匹じゃのう」

渡月斎は、ほっと吐息をついた。

「おい、渡月斎さまよ」

三四郎はいささかむかついて、嚙みついた。

「大山鳴動して鼠一匹……などと涼しい顔でいられるのも、この鼠顔のおかげだぜ。まさか、大儀であった、まろは満足じゃ、のひとことで済ますつもりじゃないだろうな」

凡平も、うんうんとうなずく。当の次郎吉は、遠慮して部屋の隅で小さくなっている。

「まろはそんな吝嗇助《けちすけ》やない」

渡月斎は憤慨して立ちあがった。

「今回の恩賞は半端ないで。三人に、伊豆栄の鰻を六人前とったるさかい、ありがたく食うていけ」

そう言い残して、書院から出ていった。


三人で蒲焼《かばやき》を堪能した。

もう食えんと腹をさすりながら裏門から出ると、懐手をした章介と荷吉が立っていた。

「おい、三四郎。今回の処罰だが、私はとうてい納得できないぞ。上にも下にも大甘ではないか」

章介は細面を震わせて言った。

「碩翁は無論のこと、悦阿弥にも矢吹左門にも実質、お咎めなし。天王寺流の家元は悦阿弥と同じで碩翁の隠し子のようだが、こちらもお咎めなし。これでご政道が立ち行くのか」

根来綱三郎一座は江戸所払い。幕臣たちからかすめとってきた道具類は没収して、持ち主に返す。

被害に遭った小普請組の幕臣には、救済策として小普請金の免除……といった沙汰がくだされていた。

小普請金とは、無役の幕臣に課される税金まがいの上納金である。

「いくら竜田川の紛失はなかったことにするとはいえ……こんな手ぬるい処置では、いずれまた同じような手口で悪事を働く者が出てくるぞ」

憤《いきどお》りの止まらない章介に、

「おい、鰻でも食いにいこう。空腹も癪《しゃく》の種だからな」

三四郎は昼飯を誘った。

「えっ、まだ食うんですかい」

凡平と次郎吉は、異口同音に発した。

「ここに軍資金がある。食えるうちに食っておかないと、次はいつありつけるか、わからんからな」

三四郎は懐を撫でた。帰り際に佐知子から、これはお父上さまからだと、三両が手渡されていた。

「おい、三四郎。いくら蒲焼でつっても無駄だ。あの宗匠はどこか怪しい。私はまだ、目串しを抜いたわけではないのだからな」

むきになっている章介の肩を、三四郎はぱんぱんと叩いた。

「そうだよな、俺もあの爺さまは怪しいと思う。とはいえ……さぁ、ここからだと、明神下の神田川がいいな。あそこも伊豆榮に負けず劣らずの絶品だ」

第二話　兄妹の貌《かお》

一幕

このところの凡平は、一念発起したように向学心に燃えている。

妻慈町の三四郎長屋から半里ばかり北にある駒込片町《こまごめかたまち》に、文鎮堂《ぶんちんどう》という手習い処《どころ》がある。

まさに三十路《みそじ》の手習い。凡平は『往来物』と呼ばれる教科書を風呂敷に詰めて、歩いて小半刻《こはんとき》足らずの道を通いはじめたのである。

岩倉渡月斎は白銀屋《しろがねや》という米相場を張る店の隠れ主人であり、凡平は手代ということになっている。

ひととおり文字も読めるし算盤《そろばん》もはじける。何事につけ、損得勘定にも怠《おこた》りはない。

とはいえ白銀屋において、これから見習い番頭《ばんとう》、番頭、差配番頭とあがっていくには、滲《にじ》み出る教養が必要だと、本人はのたまう。

加えるに凡平は、馴染《なじ》みの遊里《ゆうり》である谷中《やなか》いろは茶屋の遊女への恋文を、幇間《たいこもち》に代筆してもらっている。さてはその筆料が惜《お》しくなったのだなと、三四郎は察しをつけていた。

その手習い処の師匠の名は、熊沢左之助《くまざわさのすけ》という。

本郷《ほんごう》・追分《おいわけ》の先の駒込片町に、三年前に住み着いて、手習い処をはじめた。

もとは北関東にある小藩の藩士だったが、ゆえあって浪人《ろうにん》した。

それで江戸に出て、浪人の身過《みす》ぎ世過《よす》ぎとしては、まずまずましな部類である手習い処をはじめたということだった。

子どもたちへの読み書き算盤の伝授ももちろんしているが、凡平のような年恰好のお店者《たなもの》には、帳簿の付け方や本格的な算術なども伝授してくれるし、手紙、挨拶《あいさつ》文の書き方なども指導してくれるのだという。

いわば、大人のための寺子屋《てらこや》でもある。

凡平としては、遊女に自筆の恋文を渡したいという魂胆《こんたん》からだけではなく、いずれは白銀屋の番頭までのぼりつめたいという、真摯《しんし》な思いもあるのだろう。

三四郎はこのところ、凡平を少しだけ見直す気になっていた。

晩秋《ばんしゅう》である旧暦・九月十八日の昼飯の時分刻だった。

柳橋の船宿・九重の三階。その階段からあがって右のどんづまりの座敷で、三四郎は柳並木が神田川の川面の上にそよぐさまを眺《なが》めていた。

「やっぱり、ここにおったんやね」

血相を変えて駆けこんできたのは、点違いの凡平であった。

「どうした、凡の字。岩倉の爺《じい》さまから、小遣《こづか》いでもせびってきたのか」

三四郎は大欠伸《おおあくび》をしながら応じた。

「三四郎さまは相も変わらぬ極楽とんぼやなぁ。一大事でっせ」

「というと、嵐山流に老中でも入門してきたのか」

「そないな、どうでもよろしい一大事とはちゃいますねん。ええでっか、耳の穴かっぽじって、よう聞いてや」

仲居《なかい》が差し入れてきた麦湯《むぎゆ》を口に含みながら、凡平は自身で聞きこんできたらしい一大事の中身を語りだした。

昨夜、駒込片町の手習い処の師匠・熊沢左之助が殺された。

冷え冷えとした十七夜の、月光の落ちる夜半《やはん》のこと。

左之助は、吉祥寺《きちじょうじ》門前町にある隠宅で、胸元を鋭い刃物でひと突きにされ、殺害されていた。

町木戸が閉まりだす、夜の五つ頃、

『火事だぁ！　火付けだぁ！』

誰が発したかは知らぬが、夜の静寂《しじま》を破るような金切り声が響いた。

自身番に詰めていた店番《たなばん》があわてて駆けつけると、参道脇《わき》にある小さな町屋の木戸門の前で、たしかに赤い炎が揺れていた。

駆け寄ってみると、小田原提灯《おだわらちょうちん》がひとつ、地面で燃えているだけ。それも、ほとんど燃え尽きかけていた。

拍子抜けした店番だが、念のために木戸門を開けて石畳を進むと、玄関先の寄付きに、にょっと人の手が伸びていた。ぎょっとした自身番だが、覚悟を決めて寄付きにあがると、四十なかばの儒者髷《じゆしやまげ》をした男がこと切れていた。

「それがおまえの学問の師である熊五郎だったってことかい」

「わての師匠を毛むくじゃらの熊みたいに言わんといてや。名前は熊沢でも、左之助先生は、温厚《おんこう》な君子《くんし》人《じん》でっせ。そやのに、胸にひと突きを喰らって、あえなくお陀仏《だぶつ》ですわ」

凡平は麦湯を飲み干して嘆息《たんそく》した。

「まぁ待て、話を筋立てて聞こう。その町屋というのは左之助師匠の、つまりは妾宅《しょうたく》かなにかか？」

「町方の連中はどうも、そんな見当のようやね。わての目には、先生は石部《いしべ》金吉《きんきち》金玉頭《きんたまあたま》の聖人君子にしか見えなかったんやけど」

それから凡平は、知っているかぎりの、熊沢左之助の来し方を語りだした。

出身は上州《じょうしゅう》だか野州《やしゅう》の、一万石だか二万石だかの小藩で、勘定方だか代官所詰めだかの、お役目に就《つ》いていた。

ちなみに上州は、かかぁ殿下の上野国《こうずけのくに》。野州は日光東照宮《にっこうとうしょうぐう》のある下野国《しもつけのくに》である。

それがゆえあって浪人し、三、四年前に江戸にたどりついた。

どこで金を工面したのか、駒込片町の広い空き家に手を入れ、そのまま手習い処を開業した。

誠実な人となりのうえに教え方がうまく、駒込界隈《かいわい》だけでなく、本郷や根津《ねづ》千《せん》駄木《だぎ》のあたりからも、子どもや大人が通ってくるようになり、門人《もんじん》の数も五十人だか百人だかを超えている……とのことだった。

「年はいくつだい。女房子どもはいたのか？」

「そうやね。年まわりは四十なかばか後半くらい。それから、たぶん寡《やもめ》がらすだと思いますわ」

「まったくおまえの話は、どっちつかずだな」

文句を垂れはしたものの、なんとなく左之助という人物の輪郭は見えてきた。

「今回の一件には、岩倉の爺さまは絡んでおらへん。そやけど近衛同心たるもの、こういう一件にこそ、ただちに腰をあげるべきやと思いまっせ」

凡平は眦《まなじり》を決して迫ってくる。

「日頃、愚図郎兵衛《ぐずろべえ》のおまえにしては、やけに気合がかかっているな」

こういう一件というのが、どういう一件を指すのかは判然としなかったが、三四郎は乗りだすことにした。

二幕

九重を出た三四郎と凡平は神田川沿いに西に進み、相生坂《あいおいざか》から本郷の台地にのぼった。加賀百万石の藩邸を右に見ながら、本郷通りをえっちらおっちらと西を指して進む。

本郷追分でふた股《また》に分かれる道を、右手の岩槻《いわつき》街道に足を踏み入れた。しばらく進んだ左手の一帯が駒込片町で、またしばらく進んだ右手が、吉祥寺門前町であった。

「真昼間だってのに、うらっ寂しいところでんな」

凡平がお仕着せの藍木綿《あいもめん》の襟《えり》を合わせながら、あたりを見まわした。

「そうだな、駒込といえば寺町だそうだからな」

三四郎も寒々しさを感じながら、周囲を見渡す。

赤目不動《あかめふどう》、吉祥寺、神明社《しんめいしゃ》、富士《ふじ》神社と、あたりはたしかに、由緒《ゆいしょ》ありげな神社仏閣が並んでいた。

田畑も散在するので、江戸といっても上野や湯島の界隈とはまるで風趣《ふうしゅ》が違う。

門前町の前面は、王子《おうじ》に続く岩槻街道である。正しくは日光御成《おなり》街道と呼ばれ、将軍家が日光社参のときに通る道だった。

「これは、三四郎さま。どうしてまた、こんなところに?」

吉祥寺への参道の入り口で、顔見知りの御用聞きと出くわした。上野から出張ってきていた、黒門町の荷吉だった。

「凡平の手習い師匠が殺《あや》められたと聞いて、駆けつけたのだ。親分が先着しているとは、拍子がいいことだ」

三四郎はにかっと笑った。

「それにしても昼間だというのに、人通りがまばらだな。ここのところ何十年も、将軍の日光社参そのものがないからかな」

「春秋の陽気のいいころには、王子飛鳥山《あすかやま》への行楽の人で賑《にぎ》わいます。これから紅葉の見頃ではありますが、今日は肌寒い。なのでまぁ、人通りはこんなもんでござんすよ」

「親分、せっかく、行きあったのやから、左之助先生が殺められたときの様子を、三四郎さまとわてにくわしく聞かせておくれやす。あそこはやっぱし、先生が妾《めかけ》を住まわすための隠れ屋やったのかいな」

凡平が指先で隠宅を指しながら、荷吉にうながした。

「それがね、門前町の人間の話では、その隠宅には常時、人が住みこんでいるようには見えなかったそうだ」

荷吉は素十手《すじって》で肩を叩《たた》きながら語った。

ただ三日か四日に一度の割で、宵闇《よいやみ》にまぎれるように、左之助と思《おぼ》しき背格好の男が頭巾《ずきん》をして現れ、いかにもそれらしい風体《ふうてい》の女が一歩遅れるかたちで、隠宅に吸いこまれていくのだという。

ひとけのまばらな抹香臭《まっこうくさ》い寺町ではあるが、人の目というのは油断なく光っているものだった。

「いかにもそれらしいというのは……通いの妾かなにかのように婀娜《あだ》っぽいってことかい？」

三四郎が問うと、

「へい、いかにもさようで。ただ普通に町場から通ってきていたとはかぎりませんで、遊里からということも考えられます」

荷吉は目尻をさげて応じた。

「上野谷中のいろは茶屋か、根津権現前《ごんげんまえ》。あるいは護国寺《ごこくじ》門前の音羽《おとわ》あたりから、通ってきていたのかもしれません。あるとすれば音羽のほうでしょうが」

近場の岡場所の名をいくつか、荷吉はあげた。

音羽には二軒の遊女置屋《おきや》があって、遊女を門前町の料理茶屋に送りだす。交渉すれば、個々の客の家にも出張ってくるのかもしれない。

「あるいは、ぐっと安手に済まそうと、夜鷹《よたか》を家に引っ張りこんでいたのかもしれません。本郷丸山《まるやま》に元締めがいて、このあたりまで稼ぎ場にしていると思います。なにせ、煩悩《ぼんのう》に抗《こう》しきれない学僧が、千人からおりますからね」

吉祥寺には旃檀林《せんだんりん》という、学僧が集《つど》う学寮があり、公儀の学問所である昌平黌《しょうへいこう》と並ぶ、仏教と漢学研究の聖地とされている。

「なるほどな。托鉢《たくはつ》して恵んでもらった銭は、そのまま夜鷹の懐《ふところ》に流れるってことか」

三四郎が呆《あき》れると、

「そうなんです。この流れだけは、お釈迦《しゃか》さまでも止められませんや」

顔を見あわせた荷吉と凡平が、小腹を揺すりあって笑った。

「荷吉親分はつまり、いつものようにやってきた左之助師匠が、決まって通ってくる顔か、その都度、引っ張りこんできていたかはわからないが、とにかく玄人《くろうと》の女に、胸元をひと突きにされた……そういう筋読みか」

問う三四郎に、

「いえいえ、そういうこともあるかもしれねえと、まぁ、まだ勘繰《かんぐ》りに毛の生えた程度でござんす」

謙遜《けんそん》した荷吉は鼻先で手を振った。

「なにせ、いまのところわかっていることといえば、昨夜の五《いつ》つ時《どき》に、この隠宅の前で小火《ぼや》があり、火事だ火事だの金切り声が、闇夜を震わせた。自身番が駆けつけてみると、現場には提灯の燃えかすだけがくすぶっていた」

鼻先に皺《しわ》を寄せながら荷吉は続けた。

「ところが、この隠宅の主である左之助先生が、小火とは無縁の冷たい屍《おろく》体になっていた。ご覧のとおりの静かすぎる街並みで、おまけに夜だ。あいにくの寒空で、十七夜の月を愛《め》でようと外をそぞろ歩いていた人間もいない。つまりは、怪しい人影なんぞを目にとめた者はいないってことです」

はあ、とため息をつく荷吉に、

「つまりは、お手あげってことかいな」

凡平は万歳して、茶々を入れた。

「つまるところ、そういうことだね。あっしは正直に、そう申しあげたまでなんだが、幕張の旦那《だんな》に大目玉を食らっちまった」

荷吉はのっそりと肩をすぼめた。

「来ているのか、章介が？」

妙に馬の合う隠密廻りの名が出て、三四郎は頬《ほお》をゆるめた。

「今頃は中で、屍体の検死をなさっているはずです。傷口の鑑定では、旦那は南北奉行所一との定評がありますからね。さぁ、三四郎さまも、ずずっと」

荷吉は三四郎を隠宅に差し招いた。

「おっと、三四郎さまの露払《つゆはら》いは、わての役まわりですわ」

尻軽に一行の前に立った凡平だが、玄関の敷石を踏んで寄付きに立った途端、

「ひ、ひえい！」

突拍子もない悲鳴をあげて、二歩、三歩と後ずさった。

「やはりおまえさんだったか」

熊沢左之助の屍体は、昨夕、見つけられたときのままの場所に横たえられていた。

その襟元を広げ、胸元の傷口に人差し指をさしこんでいたのは、北の隠密廻りである幕張章介だった。

「どこかで聞いた声がすると思っていたのだ。近衛同心とやらが町方の現場に首を突っこんでくるとは、酔狂《すいきょう》が過ぎるだろう」

そう発しつつ、章介は無造作に引き抜いたおのれの指先を見つめた。

「得物《えもの》はおそらく、ごろつきなどが懐に呑《の》んでいる匕首《あいくち》だろう。傷口は深い。相当な腕っぷしの奴の仕業だな」

懐から出した手布巾《てふきん》で指をぬぐいながら、章介は傷口の見立てを口にした。

「手をくだしたのは男ということか？」

三四郎の問いに、

「いいや、女でもぐいっと押しこめば、このぐらいはえぐりこめる」

章介はあっさりとした口調で応じた。

「夕べの五つ時頃、このあたりを歩いていた人間は、やはり見つからないのか」

「聞きこみをかけているが、望み薄だな。火事の危急《ききゅう》を告げる声を聞いたというのも、この家の隣近所の人間だ。すぐに自身番屋から人が駆けつけたが、提灯の燃えかすだけが残っていた」

章介は口元をゆがめた。

三四郎は片膝《ひざ》をつき、こと切れている左之助の容貌《ようぼう》を見つめた。

多少の教養は感じさせるが、ありふれた顔の四十男だった。凡平は君子だというが、三四郎の目には、人生に疲れたありきたりの人物にしか見えなかった。

「誰かが、提灯が燃えているのを見て火事と早とちりした。それで思わず胴間声《どうまごえ》をあげてみたものの、足早に立ち去った。かかわりあいになるのを嫌ったのかもな」

思ったことを、そのまま口にした。

「通りすがりの人間の声と決め打ちにはできん。妓《おんな》が左之助を刺して、逃げる途中で提灯を落とし、思わず口走ったのかもしれん。ていうか三四郎、おまえ」

章介は不意に鼻白んだ。

「あったりまえな顔をして、筋読みに突っこんでくるな。これは俺の一件だ。口出しはご遠慮願いたいものだな」

「ここでの聞きこみには、もう見切りをつけたほうがいい。駒込片町の文鎮堂の周辺を聞きこんで、左之助を恨んでいる人間の洗いだしをしたほうが早道じゃないか」

苦言は無視して、探索の的《まと》を変えることを勧めてやった。

「偽《にせ》同心に言われなくても、そうする。だがな、妓の線も、このまま放ってはおけん。おい、手下をふたつに分けるぞ」

章介は十手で肩をこつこつ叩きつつ、荷吉に目をやった。

「半分はここで妓の探索を続け、半分は文鎮堂と左之助の身辺のことを洗わせることにしよう」

「おっと合点。え〜と、あっしはすぐさま夜鷹の元締めのところに出向きますし、音羽の遊女置屋と、念のためにいろは茶屋にも手下を向かわせます。それから、文鎮堂の周辺も念入りに聞きこみをかけます」

手下の手配りを決めた荷吉は、十手を角帯《かくおび》に差して、すっ飛んでいった。

「見てのとおりだ」

章介は口元に不敵な笑みを浮かべた。

「すぐに本星をあげるから、心配するな。この一件を手間取らずに片付けて、次は池之端に向かう」

「えっ、幕張の旦那は、まだ渡月庵と嵐山流に、目串しを差しとるんでっか？」

凡平は首をすくめた。

「あったりまえだの、加賀屋敷だよな。あの渡月斎って爺さまは怪しい。ぷんぷん、臭《にお》うよな」

先んじて三四郎が、そう茶化して鼻をつまむと、章介は嫌な顔をした。

三四郎は口元をほころばせて続けた。

「それはそれとして、こっちの一件も舐《な》めてかからないほうがよさそうだ。あの屍体からは、いろいろな臭いがたちこめてきているぜ」

三幕

章介と荷吉が去ったあとも、三四郎と凡平は吉祥寺の門前町にとどまっていた。

「なぁ三四郎さま、これも乗りかかった船や。左之助先生は見かけによらず助平師匠だったみたいやけど、わてらできっちり、仇《かたき》を取ってやらなあかん」

昼飯に立ち寄った蕎麦屋《そばや》で、凡平は相も変わらず意気込んでいた。

「俺もそのつもりさ。さぁ、これで腹ごしらえも済んだことだし、行くぞ」

蕎麦代をぱちりと飯台《はんだい》に置いて、三四郎は腰を浮かした。

「ちょい、待ってぇな。行くってどこに行きますん?」

汁をごくごくと飲み干して、凡平も立ちあがる。

「職人探しさ。この門前町に畳職人はいないかと思ってな」

往来に立った三四郎は左右を見まわした。

「年の暮れでもないのに畳替えでっか？」

普通、畳替えは新年を清々《せいせい》とした気分で迎えるために、年の瀬にする。

「そうじゃない。屍体に空いた、もうひとつの傷穴だ」

三四郎はつぶやくように語りだした。

「さっき屍体に目を落としていたときに気がついた。左之助の項《うなじ》の上あたりに、丸い小さな傷跡があったぜ。あれは錐《きり》のようなもので、ぷすりとやられた跡だと思う」

「つまりは、匕首で左之助先生の胸をぶすりとやった本星が、ついでに錐で項を狙《ねら》ったんやろか？」

凡平の言に、三四郎は頰をゆるめた。

「相変わらずの飲みこみの悪さだな。狙った箇所は項の上の盆《ぼん》の窪《くぼ》だ、急所だぜ。最初にこのぷすりであの世に送っておいて、胸のひと突きのほうが付け足しだと、俺は睨《にら》んでいるぜ」

「なるほど、そうやったんか」

いつもながらの点違いを恥じることもなく、凡平はにっと笑った。

「三四郎さまも、人が悪《わる》おますな。章介はんには、わざと教えなんだのやろ」

「教えてやろうと思ったさ。けれどあいつは何事も自分で仕切らないと機嫌が悪いたちなんで、言いだしそびれただけだ。問題はなぜ、付け足したかだが……」

三四郎はひょっと首をすくめた。

「察するに、得物は職人が使う千枚通しだな。匕首を付け足したのは、手をくだしたのが職人だと、手繰《たぐ》られたくなかったからだろう」

千枚通しは目打ちとも呼ばれる、小穴を空けるための道具だ。

「なるほど、千枚通しを使う職人といえば、畳やね」

「せまい門前町だ。さっとひとまわりできるぜ」

三四郎はさっそく歩きだそうとした。

「ほなら闇雲に探して歩くより、自身番に行って聞いたほうが早いでっせ」

「おまえはずるける算段だけは、人並みに働かすな。けれどこの一件の探索に駆りだされ、自身番はもぬけの殻《から》じゃないか」

「だめもとで、まずは自身番からがよろし」

凡平に袖《そで》を引かれて自身番をまずのぞくと、番屋の前で老爺《ろうや》が焼き芋《いも》を売っていた。

さっそく訊《たず》ねると、老爺は、うんにゃ、と首を振った。

「そうかい、門前町に畳屋はないのか」

あてが外れた三四郎は、がくっと落胆した。

「寺町の社殿の修繕のために、大工や左官《さかん》は住んでいますが、畳屋はありません。お堂は原則、板敷きだから。ああ、これよかったら」

気の毒に思ったのか、老爺は蒸《ふ》かしあがったばかりの薩摩芋《さつまいも》をふたつ、ちり紙である浅草紙《あさくさがみ》に包んでくれた。

三四郎と凡平はふぅふぅと冷ましながら芋をぱくつきつつ、岩槻街道を本郷の方角に引き返した。

右手に、文鎮堂のある駒込片町の町並みが見える。

文鎮堂に寄って章介にちょっかいを出してやりたい気もしたが、とりあえずはやりすごし、一度、湯島のねぐらに戻ることにした。

すぐに本郷の追分に至った。

この追分は、中山道《なかせんどう》と岩槻街道の分岐《ぶんき》だが、根津千駄木に続く坂道が東にくだっていて、三《み》つ叉《また》のような恰好になっている。

その追分の辻番所《つじばんしょ》の前で、

「おっと、ごめんよ」

若い背の高い男が、凡平の肩にぶつかってきた。

職人らしい風体の、三十前の男だった。

急いでいるようで、ひとことぞんざいに詫《わ》びると、振り返りもせずに東にくだる坂道をおりていった。

「無礼《ぶれい》な奴《やつ》っちゃな。根津の岡場所に一目散かいな」

あてられた肩を撫《な》でながら、凡平が憤慨《ふんがい》した。根津は、界隈の職人が集まってくることで成りたっている遊里だった。

「しかも口元から、蒲焼《かばやき》の匂《にお》いがしよった。鰻《うなぎ》で精をつけて、それで岡場所通いとは、なんともうらやましいかぎりやで」

職人の背を目で追いながら、鰻好きの凡平は鼻をむずむずとさせた。

「職人だって手間賃が入れば、鰻ぐらい食うだろうが……」

三四郎は不意に勘が働いた。

「凡平、俺はあとをつける。あの職人から臭ったぜ。懐に、盆の窪を刺す千枚通しを呑《の》んでいるかもしれねぇ」


職人が向かった先は、千駄木町にある小さな両替屋だった。

両替屋といっても、大名旗本に大枚《たいまい》の金銀を融通《ゆうずう》したり、富豪《ふごう》が何百両・何千両と預け金したりする本両替《ほんりょうがえ》ではない。

庶民が少額貨幣《かへい》の金貨銀貨を、使いやすい銭に替える銭両替《ぜにりょうがえ》だ。

職人は小半刻ほども暖簾《のれん》の中にいた。

おおかた親方からもらった小粒銀あたりを、銭に替えにきたのだろうが、なにをそんなに粘っていたのか。

暖簾を手で分けて出てきた職人は、来た道をそのまま、追分に戻った。

「お帰りやす」

自身番の前で、凡平がまだぼやっと突っ立っていた。

職人は追分から岩槻街道に入り、尾行《びこう》に気づいた様子もなくすたすたと歩いていた。さっきまで三四郎たちがいた、吉祥寺門前町にいたる道筋だ。

引き返すかたちで、ふたりで尾行を続けた。歩きつつ小声で銭両替屋でのこと

を告げると、

「そりゃ、厠《かわや》を借りてたんやろ」

凡平はすぐさまそう断じた。

「間違いあらへん。大きいほうや」

返答はせずに、三四郎は油断なく職人の背中を追い続けた。

職人は途中で左に折れた。たどりついた先は駒込片町の、街道沿いの表店《おもてだな》の脇から木戸を入った、与助店《よすけだな》という裏長屋だった。

幾棟も棟割《むねわ》り長屋が並んでいて、二階建ての棟もあった。

「あんじょうよろしいこっちゃ、これでねぐらを確かめられまっせ」

にんまりとした凡平の肩を、

「おい」

不意に小さな稲荷《いなり》の陰《かげ》から大きな手が伸びて、がっしとわしづかみにした。

「またおまえか、行く先々で現れるな」

三四郎が呆れると、

「馬鹿、声がでかい」

口元に手をあてながら、幕張章介が稲荷裏から半身を現した。

「おまえたち、なにしに来た。御用の邪魔だ。とっとと帰って、岩倉渡月斎に首を洗って待っているよう伝えておけ」

「おまえこそ、ここでなにをしている。町同心というのは、挙動不審だな」

そこに、往来から荷吉が駆け寄ってきた。

「いま大家のところに寄って、大家とその女房から、兄妹の身の上のことを耳に入れてきました……んですが、またお会いしましたね、三四郎さま」

荷吉はぺこっと低頭した。

「兄妹？　ていうと、あの職人には妹がいるのかい」

三四郎は職人の背に目をやった。腰高障子《こしだかしょうじ》を開け、割長屋のひとつに入っていくところだった。

「そうなんです。まぁ、立ち話もなんです。おふたりは仲がよろしいようですんで、そのへんで甘いもんでも口に入れませんか。朝から歩きづめで、さすがにくたびれましたぜ」

荷吉は柔和《にゅうわ》な目を、三四郎と章介に等分に向けた。

「さばけた親分だな」

三四郎は荷吉の肩をひとつ叩いて、木戸のほうに戻りだした。

「三四郎はただの暇《ひま》御家人だ。近衛同心などと、わけのわからぬ役名を名乗ってはいるが、小人目付でも火盗改《かとうあらた》めでもなんでもない。我ら町方と連れだって探索する資格などないのだ」

憎まれ口を叩きながら、章介もついてきた。

「あの職人は、そら、あれだ」

皆で往来に出ると、章介は振りかえって木戸の上を指さした。

裏長屋の木戸には、『叩き大工　源太《げんた》』とか、『産婆《さんば》のお梅《うめ》』とか、住人の表札代わりの木札や張り紙が、べたべたと貼ってある。

章介の指差す先には、『竹細工職人・松吉《まつきち》　お針子・笹《ささ》』と書かれた茶ばんだ白木の板が、釘《くぎ》で打たれてあった。

街道に面したその水茶屋には、奥に小座敷があった。

そこは八丁堀同心の威厳である。店の親仁《おやじ》は、すぐに一行をその座敷にあげた。

注文した甘酒を配り終えると、そっと障子を閉じた。

章介は、ぐびっと甘酒をひと口で干した。

「互いに種を割りあおうと、水茶屋にあがりこんだのだろう。こちらから先に明かしてやれ」

章介が顎《あご》をしゃくると、荷吉が口を開いた。

「まずは殺められた熊沢左之助のことですが、野州浪人のようです。小さな藩の歴《れっ》とした藩士だったとのことですが、主家を退転《たいてん》して四年くらい前に江戸に出てきたそうです。それでこの片町に来て、文鎮堂を開いたのが三年前」

手下たちと手分けして聞きこんできたことを、要領よく語りだした。

「文鎮堂はいっきなり流行《はや》りましてね。というのも、束脩《そくしゅう》は『当分の間、免除』という名目で、事実上ただ。謝儀《しゃぎ》も相場の半分程度で、寺子集めをしたそうですから」

寺子は通ってくる子どもたちのこと。束脩は入門料で、謝儀は授業料である。

「なるほど、それなら流行るはずだ。しかしそれでよくやってこれたな」

三四郎は小首を傾《かし》げたが、凡平がにわかに向学心に目覚めたわけもこれでわかった。要するに安いからだ。

「まぁ、安いのが商売繁盛のいちばんの理由ですが、左之助先生はとにかく穏やかで、教え方も懇切丁寧《こんせつていねい》。そっちも、寺子が寄り集まってきた理由でしょう」

凡平はじっと黙ったまま、うんうんとうなずいている。

「左之助は親無し、妻無し、子無しの三無斎《さんむさい》で、暮らしぶりは質素。だもんで、文鎮堂は金にも詰まらずにまわっていたようですよ」

どうにも文句のつけようがない男。それが左之助らしいが、三四郎にはそんな人間が、そんじょそこらにいるとは思えなかった。

「そんな左之助が裏で、女を隠宅に引っ張りこんでいたという線はどうなった。その女というか妓《おんな》が左之助を殺め、逃げだした途端に提灯を落とし、火事だと叫《さけ》んだ……その読み筋は、当を得ていたのかい?」

三四郎の問いに、荷吉は苦い顔で返してきた。

「そっちのほうは、皆目《かいもく》です。まったく、埒《らち》があきません。本郷丸山の夜鷹の元締めである基二郎《もとじろう》が言うには、夜鷹は決まった場所でしか商売をせず、客の家まで行くのは厳禁だそうです」

首を振りながら、荷吉は続けた。

「音羽の遊女置屋のお嚊《かか》も、遊女を差し向けるのは決まった料理茶屋だと言っています」

「それはそうやろな。いったん客の家の寝間などに入れられてしもうたら、どんな無理難題を言われるか、わからへんからな」

凡平が訳知り顔で、そう口を入れた。

「ただな、私の第六感では、火事だと叫んだその者こそが、左之助を殺めた本星だ。妓の線は消えたとしても、吉祥寺門前町の周辺から範囲を広げ、粘り強く聞きこみを続けるしかないな」

そうは言ったものの、章介の顔も渋面《じゆうめん》となった。

「それで親分、左之助と文鎮堂が、なにか人さまの恨みを買っているという噂《うわさ》はないのか。それから聞き忘れていたが、隠宅から金目のものは奪われたのか」

三四郎の問いに、荷吉はよどみなく答えた。

「あとのほうからお答えすると、手文庫の棚が三段、すべて開けっ放しになっていました。左之助は几帳面な男のようですから、自分で開けっ放しにはしないはずです。曲者《くせもの》が侵入して、手文庫を物色したと見るのが妥当《だとう》でしょう。ただ、手文庫に現生《げんなま》があったのかどうかは、わかりません」

すっぱりとした口調で言葉をつないだ。

「それから恨みのほうですが、こっちはありませんね。在所から出てきて、江戸で人生をやり直すつもりだったのでしょう。誰にでも誠実に接して、世間からとやかく言われるようなことは、なにひとつなかったそうです……ただね」

荷吉は濃い眉《まゆ》を寄せた。

「例の竹細工職人の松吉なんですが、しばしば文鎮堂に顔を出していたようです。もちのろんで、読み書きを習おうなんて殊勝《しゅしょう》な心がけはなく、いつも腰手ぬぐいだけの手ぶらだったとか」

「おっと、出てきたな、あの男が」

三四郎はにやっと頰をゆるめた。

「親分はそれで兄妹の人となりを知るべく、大家のところに出向いていたわけだよな」

荷吉に目を向けると、

「そのとおりです。甘酒のお代わりでももらって、続きをお話ししましょうか」

まだ喉《のど》が渇いているらしく、荷吉は店の親仁を呼ぼうと腰を浮かした。

「もう甘ったるいのはいい。渋茶にしろ」

章介は探索の主導権を握りしめるように、そう命じた。

「答えから先に申しますと、松吉とお笹の兄妹は、白でござんすよ。しかも、雪か褌《ふんどし》なんぞのように、まるっきしの白です」

「へへ、粋《いき》がって赤褌や、黄ばんだのでも平気のへいざな無精者《ぶしょう》もいてますけどね」

凡平の茶々はやりすごして、荷吉は先を続けた。

「親に死に別れたのがきっかけで、ふたりは三年前、野州の在から江戸に出てきたそうです。それで、国許《くにもと》でも同じ稼業だったという竹細工の仕事をはじめた。妹はお針子で、兄妹で肩を寄せあうように暮らす、居職《いじょく》の職人です」

居職とは、自宅を仕事場にして働く職人のことをいう。

「ふたりそろって手先は器用だし、なにより律儀で礼儀正しい。小間物問屋からの発注や、裁縫師からの下請け仕事もまわってくるようになり、この江戸の片隅《すみ》で、兄妹で手堅い暮らしをしているようです」

荷吉の口調が、幾分しんみりとしたものになった。

「三年前に野州から……殺められたご本尊《ほんぞん》の左之助と、だいたい同じだな」

章介が瞬《まばた》きした。

「野州の山奥でなにかあったのかな。郷里でなにかしでかして、兄妹そろって江戸に逃《のが》れてきたんじゃないだろうな」

章介の目が、今度は見開かれた。

「いえいえ、全然です。全然、そんなんじゃねぇ」

荷吉は狼狽《ろうばい》したように、鼻先で手を振った。

「大家が言うには、清福寺《せいふくじ》という在所の寺の寺請証文《てらうけしょうもん》をきちんと持っていたし、なにより兄も妹も、礼儀をわきまえた正しそうな目をしている」

荷吉は力をこめて語った。

「大家がそう太鼓判《たいこばん》を押して、与助店に住まわせることにしたそうです。これも受け売りですが、孝行な兄妹なのですよ」

しみじみとした口調で、荷吉は言葉をつないだ。

「与助長屋の住人になってからも、兄妹を悪くいう者はいない。松吉が一階の四畳半を仕事場兼寝間にして頑張っているんですが、せまっ苦しい中に、きちんと両親の仏壇を置いて、朝夕に線香と花を手向《たむ》けているそうです」

世間では若い人間を評価するときに、孝行というのがなによりの誉《ほ》め言葉であった。

「まぁ仏花といっても、その辺の野《の》っ原《ぱら》で摘んだ蒲公英《たんぽぽ》ぐらいでしょうが」

三四郎は聞きながら、つらつら思う。

この一件に登場するのは、非の打ちどころがない善男善女が多いようだ。

強くもないが弱くもない違和感が、胸に取り巻いていた。

「妹は二階の四畳半で、仕立物をしています。ところが、この妹の具合が、ここのところよくないそうでして、寝たり起きたりってありさまだそうです」

懸念《けねん》する口調で荷吉は続けた。

「たちのよくない咳《せき》をするんで胸の病《やまい》じゃないかって、大家も心配していましてね」

これも勘働きの一種だろう。三四郎の胸の違和感が、ざらざらとしたものに変わった。

「よし、これから皆で、孝行者の兄妹の顔を見にいこうじゃないか」

目配せすると、凡平が勘定を払いに立った。三四郎も腰をあげる。

「ちょっと、待て」

章介が腕を伸ばして、三四郎を押しとめた。

「なんだ、章介、小便でも済ましていきたいのか」

「とぼけるな。こちらは種を明かした。素人《しろうと》のおまえたちが集めた種など、どうせ碌《ろく》なものではあるまいが、しらばっくれるその態度が気に入らん」

三四郎は鼻で笑いながら、座りなおした。

「そうだったな。たしかに碌な種ではないが、聞かせておこう」

盆の窪の傷跡の件を手短に告げてやると、

「むぅ～」

匕首のような得物で、胸をひと突きされての即死。あまりにも明瞭《めいりよう》にそう見てとれたので、屍体の他の部分に目を配るのを怠った。

検死の不備を指摘されたことなど、これまでになかったのだろう。章介は顔面を紅潮させた。

「驚きましたね。あっしら町方の屍体の鑑定に、手抜かりがあったとは」

荷吉も唸《うな》って、腕を組んだ。

「後ろにまわってぷすっと、錐のようなもので急所を突いたとなると……屍体とは知った顔同士だったのでしょうね。相手に近づいていたうえでないと、すばやく後ろになんかまわれないでしょうから」

章介は苦虫《にがむし》を嚙《か》み潰《つぶ》した顔で発した。

「錐のような得物……とすれば千枚通し……千枚通しを使うとすれば職人……まず思い浮かぶのは畳屋だが、竹細工にも使うかもしれんな」

怖い顔をして、章介は睨んできた。

「三四郎、おまえは千枚通しの線で、職人である松吉にたどりついたわけか」

「そのとおりだ。どうだ、ちったぁ俺を見直したかい」

三四郎が凡平と顔を見あわせて笑うと、章介はがみがみと歯嚙みした。

四幕

「ごめんよ、お上《かみ》の御用で来たぜ」

表からそうひとことと告げた荷吉が、丸に竹の字が墨書《ぼくしょ》された腰高障子をがらりと開けた。

「こ、これは、畏《おそ》れいりやす」

かなり動転したのだろう。松吉らしい三十路前の職人が、竹笊《たけざる》を放りだして平伏した。

江戸の町民なら、町方同心と御用聞きの独特の風体は、すぐにぴんとくる。

「いきなり驚かせちまったかな。そんなに、かしこまらないでくれ。おまえたち兄妹に、ちょっと話を聞きたいだけだ。文鎮堂の左之助先生のことでな」

荷吉が、いかつい顔を精一杯ゆるめて声をかけた。

「へ、へい。妹は二階で臥《ふ》せっておりますが。あっしでよければ、どんなことでもお答えいたします。せまっ苦しいところですが、あがってくださいまし」

松吉は腰をかがめた卑屈《ひくつ》とも思える物腰で、四畳半に所せましと並べてあった竹籠《たけかご》や竹笊、竹べらなどを部屋の隅に押しやった。

「私は北の隠密廻りで、幕張章介という。この男は御用聞きで黒門町の荷吉。それからあのふたりのことは気にするな。袴《はかま》をつけて与力のような恰好をしているが、ただの小普請の御家人と、その手下だ」

章介は見くだしたような言い方をしたが、

「御家人さまが、わざわざこんな汚い長屋にお寄りいただきまして」

松吉は三四郎と凡平にも、丁寧な辞儀をした。

三四郎と凡平を見ても、顔色は変わらない。昼間はよほど急いでいたのか、凡平にぶつかったことなどは、記憶から飛んでいるようだった。

「それにしても、言っちゃあなんだが、この部屋は臭いな」

三四郎は鼻先に皺を寄せた。

「あいすいません。行灯《あんどん》に鰯《いわし》の魚油《ぎょゆ》を使っています。ちょこちょこ、夜鍋《よなべ》仕事をするものですから」

松吉はぺこりと低頭した。菜種油《なたねあぶら》は高いので、庶民はおしなべて魚油を使う。

「勝手についてきて、文句を言うな。それより、仕事が立てこんでいるようだからな。端的《たんてき》にいくぜ」

章介が江戸っ子特有の巻き舌で切りだした。

「昨夜の五つ頃、地元の手習い師匠である熊沢左之助が殺められた。左之助が、この先の吉祥寺門前町に持っていた隠宅の前でな。聞いているか？」

「へ、へい、聞いておりやす」

松吉はおどおどと、うなずいた。

これまで御用の筋の人間と、向かいあったことなどなかったのだろう。顔をあげた松吉は、怯《おび》えた目をしていた。

「ひがな一日、ここに座って仕事をしておりますが、近所で起きたことなんかは、それとなく耳に入ってくるもんでござんして」

「曖昧《あいまい》なのはいけねぇ。誰に聞いたんだ？」

章介が鋭く突っこむと、

「畏れ入りやした。大家さんのおかみさんの、お邦《くに》さんです」

松吉は即座にそう応じた。

「お邦さんは親切で、あっしらのようなもんにまで、気にかけてくれます。とくにここんとこは、妹の具合が悪いんで、ちょくちょく様子を見にきてくれるんです」

「ああ、あの大家の女房かい。あれは人が好さそうだ」

お邦とはさっき言葉を交わしてきたばかりという荷吉が、口元をゆるめた。

「松吉よ、おまえはちょこちょこ文鎮堂に出入りしていたそうだが、用件はなんだったんだ。近所の坊主どもと一緒に、手習いをするわけじゃないよな。この凡平と同じ魂胆で、根津の遊女に恋文でも送ろうと、指南を受けていたのか?」

三四郎は笑いながら口を入れた。

「め、めっそうもない。あっしは自慢じゃありませんが、目に一文字もない口で、これから習うつもりもござんせんよ」

松吉は口元で手を振った。

「文鎮堂の先生には、台所で使う竹籠や笊、物差しなんかを、まとめて作らせてもらいました。そのお礼に、手のすいたとき、薪《まき》割りや水汲《みずく》みなどのお手伝いをしていたんです」

至極もっともらしい、松吉の口上であった。

「ならば聞く。おまえと妹は、昨日の五つ時分はなにをしていた？」

章介は、ずばっと聞いた。

「仕事して、食って、寝て……あっしら居職の職人は、尻にたこができるほど、同じ場所で過ごしております。昨日の五つ時分とて同じこと。ただ妹は具合が悪いんで、二階で横になっておりました」

松吉はよどみなくそう答えた。

「そうだとして、なにかその証《あかし》を立てられるか？」

「証ですかい、急にそうおっしゃられましてもね」

もじもじと、もみあげを掻《か》きながら思案していたが、

「そうだ、そうだった！」

拳《こぶし》で古畳をひとつ叩いた。

「ちょうどお邦さんが、風呂吹き大根を届けてくれた時分だ。寛永寺の時の鐘《かね》が、五つを打っておりやした」

章介は片眉をくっとつりあげた。

「お邦と亭主《ていしゅ》の大家に確かめさせてもらうが、かまわないな」

「へい。多目にこしらえすぎて、晩飯であまってしまったからと、鐘の音に合わ

せるように寄ってくれたんです。あっしが夜鍋仕事をするときに腹を減らすことを、ご存じなもんで」

松吉はこっくりとうなずいた。

「上方では、大根の代わりに蕪《かぶ》で煮こむんやけど、お邦さんのは、たしかに大根やったか？」

いっぱしの御用聞きにでもなったつもりか、探索のためにはまったく意味のないことを聞く凡平に、一同の冷たい目線が集まったが、

「へい、たしかに大根でござんした」

変わらぬ律儀さで松吉は返答した。

「旦那、ちょっくら、二階ものぞいてみましょうか」

荷吉が親指で天井をさした。

「そうだな。臥せっているところを気が咎《とが》めるが……よいか？」

章介はそれが本性らしい、穏やかな目で松吉を見た。

「目は覚めていると思います。ささ、どうぞ、陰気臭い部屋で、かえって畏れ入りますが」

松吉は先に立って、一行を二階にあげた。

「あいすいません。お見苦しいありさまで」

お笹は布団を隅にやって、きちんと正座して迎えた。

小柄でおとなしやかな妹であった。胸を病《や》んだ青白い顔に、頬だけは燃えているように赤かった。

「すまんな、休んでいるところを。すぐ済むからな」

章介はいたわる目で、お笹を見た。

「それでな、昨日の五つ時分なのだが、おまえは兄さんと一緒に、ここにいたのだよな」

荷吉がこちらから決めつけるように言うと、

「はい、でもあたしはこんな身体で、針の仕事ができなくなって、兄さんには迷惑のかけどおしで」

胸の病である。うつしては一大事という思いからだろう。お笹は口元に布をあててそう告げると、不意に涙ぐんだ。

「わかった、とにかく養生しろ。大家の女房にも、もっと精のつくものを持ってくるように、私から申しておく。おい、三四郎、行くぞ」

せまい病間をきょろきょろと見まわしていた三四郎の袖を、章介が引いた。

「邪魔したな、妹をいたわってやれ」

章介は松吉の仕事場を素通りして、草履を履いた。

「そういえば松吉、おまえは千枚通しは使うかい？」

三四郎が不意に問うと、松吉の肩がぴくっと揺れた。

「へ、へい、しょっちゅうってわけではありませんが、使います」

「そうだよな。竹籠に紐《ひも》を通すときに使うよな、竹に小穴を空けるのに」

畳を見つめて、松吉は無言でいた。

「見せてくれないか、おまえの千枚通し」

三四郎が迫ると、

「へい、普段は使わないものですから、少しお待ちを」

松吉は、せまい四畳半を引っ掻きまわすようにして探した。

「小鉈《こなた》や小刀はありますが、千枚通しが見あたらなくて……あ、あった」

部屋の隅に押しやった布団の下から、錐に似た千枚通しを引っ張りだした。

「旦那たちが来て、それであわてて片付けたんで、まぎれこんじまって」

月代《さかやき》を掻きながら、三四郎に手渡した。

「凡平、腰高障子を開けてくれ」

陽の光を入れて、刃先を凝視《ぎょうし》してみた。使っているうちにであろう、幾分か丸みを帯びてきてはいたが、欠けていたり、血糊《ちのり》がついている様子はなかった。

三四郎は薄い息を吐き、

「仕事の邪魔をしたな」

松吉に返しながら、最後にもう一度、仕事場を見まわした。

「孝行息子というのは本当のことだな」

小さな仏壇に線香立ての香炉《こうろ》が置かれ、野菊の花が手向けられていた。

「真鍮《しんちゅう》の香炉か。立派なものだ」

そう言い残し、一同の尻を押すようにして、兄妹の部屋を去った。


「どうです、あの兄妹。汚《けが》れを知らぬ、まっさらさらの白だったでしょう」

与助店の木戸を潜りながら、荷吉が誇《ほこ》った。

「大家の女房が、よくぞ拍子よく訪ねてきてくれたものだ」

章介も三四郎たちには見せたことのない、温和な顔をしている。

「さて次はその大家のところだな。この近くかい、案内を頼むぜ」

三四郎が荷吉をうながすと、

「おい、行くのか」

章介は気が乗らない顔をした。

「急ごう。確かめにいくと言ったのは、おまえだろう」

三四郎はからかう口ぶりで急《せ》きたてた。

章介はちっちっと舌打ちした。

大家の住まいは、このすぐ先の表長屋にあった。宇治《うじ》銘茶《めいちゃ》の袖看板がかかっていて、女房に茶葉屋をやらせているのだという。

「あ〜いい匂いや、頭痛いんが、治《なお》ってきたわ」

店先で凡平が深呼吸した。

「兄妹の長屋は、やけに線香臭かったでっしゃろ。わては、あの臭いが苦手やねん」

線香の臭いや煙で頭痛をもよおす人間が、たまにいる。

「親孝行な兄妹ではないか。文句を言うな」

章介が凡平をたしなめた。すっかりと兄妹贔屓《びいき》になったらしい。

「あの線香立ての香炉だが、線香のかすで盛りあがっていたな」

三四郎は笑みを漏《も》らして、続けた。

「よほど盛大に、線香を燃やしていたのだろう。倹《つま》しい暮らしをしているわりには、豪儀なことだ」

「三四郎さま、たしかにあの部屋は線香の臭いが染みついていましたが、転じてなにか別口が臭いましたかい？」

荷吉が御用聞きらしい、訝《いぶか》る目をした。

「そういえば、あの部屋は行灯《あんどん》の油の臭いも残っていましたが」

「ああ、生臭い鰯の油だ。鰯と線香……こいつは臭い消しかもしれんぞ」

三四郎は唇を舐めた。

「消すって、なんの臭いを消すのだ？」

章介が苛立《いらだ》ったような口を入れてきた。

「三つ目の臭いさ。たとえば鉄錆《てつさび》とかだ」

「鉄錆臭い……血の臭いですかい」

荷吉が押し殺した声で言った。

「ああ、それから客の長居除けにもなる。客が来ても長尻にならないように、早く帰れと臭わせているのだ」

「おい、なにを言いだすのだ、三四郎」

章介は本当に苛立ってきたようだ。

「親孝行の兄妹が、仏壇に朝夕の手向けを欠かさなかった。仕事熱心で、夜鍋仕事もいとわなかった。それだけのことだろう。まったくおまえは、ひねくれ同心のような筋読みをする」

章介の憤《いきどお》った顔を見て、三四郎はくっくっと笑いながら、両手を章介と荷吉の肩にまわした。

「立ち話が長すぎたな。さぁ、人のいい女房殿の話を聞こうぜ」

お邦はがっちりとした固太《かたぶと》りの体軀《たいく》に真ん丸顔を乗せ、なるほど、人がよさそうだった。

亭主の時次郎《ときじろう》は小柄で瘦軀《そうく》だが、こちらも女房に負けず劣《おと》らず好人物に見えた。

八畳敷の茶葉屋の内所《ないしょ》で、一行は大家夫妻と向かいあった。

「はいはい、幕張さまのおっしゃるとおりでございます」

昨夜のちょうど五つ時に、風呂吹き大根を手土産《てみやげ》に兄妹を訪ねて、小半刻ほど世間話をした。間違いないと、お邦は言いきった。

「するんですよ、夜鍋。若いから、おなか空くでしょう。お笹ちゃんは胸を病んでいるし、松吉さんは水を飲んで我慢している様子なんでね。それでときどき、差し入れするんです」

「ときどきというより、ほぼ毎日だな。なにしろ働き者のいい子たちなんで」

大家も目を細めている。

「聞いてのとおりだ」

三四郎を横目で見た章介は、

「邪魔したな。これからも兄妹のことを気にかけてやってくれ」

勧められた渋茶と饅頭《まんじゅう》には手をつけず、腰をあげかけた。

「お邦さんは、お笹とも顔を合わせて、言葉を交わしたのか?」

右手で章介を制しながら、三四郎は念を押した。

「は、は、はい。それはもう」

束の間、どぎまぎはしたが、お邦は動じなかった。

「話しこんでいたのはもっぱら松吉さんとですが、二階にあがってお笹ちゃんの声も聞いて帰りましたよ」

松吉と一緒に二階にあがり、臥所《ふしど》で横たわっているお笹の声を、たしかに聞いたという。

「具合はどうだい、と聞くと、いつもありがとうございます、と弱々しい声ですが答えてくれました。それで安心して家に帰ってきました」

「交わした言葉は、そのひとことだけか？」

つい詰問《きつもん》調になると、

「そうはおっしゃいますが、うつされたら大変でしょう。こちとら年を食っていますから、胸の病にかかったら一発でお陀仏になっちまう」

お邦はぶるぶると首を振った。

「おい、三四郎。もう十分だろう」

章介は三四郎の腕を押しやって、立ちあがった。

「女房殿が、松吉に差し入れにいくのは、だいたい決まった時刻かい？」

お邦にではなく時次郎に、三四郎は訊ねた。

「さようでございます。手前ども夫婦の晩飯が終わるのが、五つ前ごろ。言い方は悪いんですが、食べきれなかった分を、持っていってやるんです」

「そうか、せっかくだから頂戴《ちょうだい》して帰る」

三四郎は菓子盆に手を伸ばして、ふたつ三つ、懐にねじこんだ。

「ほなら、さいなら」

茶葉屋の暖簾を手で分けた途端、

「あ、痛た、たた。気ぃつけんかい、目から火が出たわ」

暖簾をはさんだ出会い頭《がしら》に、入ってきた男と額をごっつんこして、凡平はその場に座りこんだ。

「これはとんだ粗相を」

詫びてきたのは、桐《きり》の衣装箱を抱えた商家の手代だった。

その後ろには、風呂敷包みを小脇に持った番頭風の男が立っていた。大店《おおだな》の奉公人らしく、ふたりともどこか品がいい。

「大家の時次郎さまと、お内儀《ないぎ》さまである茶葉芳《ちゃばよし》のお邦さまの、お屋敷はこちらでございますね」

土間に入ってきた番頭が、うやうやしく腰を折る。赤茶の風呂敷には、丸に大の字が白抜きされていた。

「う、うわぁ、京都の大丸や。東洞院押小路《ひがしのとういんおしこうじ》にある大丸総本店《だいまるそうほんてん》の、江戸店《えどだな》から来たのかいな」

立ちあがった凡平が声をうわずらせた。下村《しもむら》・大丸は京・伏見《ふしみ》が発祥《はっしょう》の、最高級呉服店であった。

その江戸店は、大江戸の目抜き通り、本町通り沿いの大伝馬町《おおでんまちょう》にある。

「手前どもにお声かけいただきまして、恐縮でございます。さっそくでございますが、お邦さまのために、生地や柄の見本を持参いたしました」

番頭は、三四郎や章介を無視して、奥からちょこんと顔を出しているお邦に、揉《も》み手する。

「大丸だの、三井越後屋だのは、俺たちにはお門違《かどちが》いだよな。お呼びでないようだから、さぁ引きあげようぜ」

三四郎は一同をうながし、あらためて暖簾を分けて往来に出た。

「俺たちはもちろんお門違いだが。長屋の大家夫婦にとってもそうじゃないか。いわんや、番頭を家に呼びつけるなんて」

章介はにわかには信じがたいという面持ちだ。

「いろいろとあるなぁ、この一件」

三四郎は愉快そうに両手を突きあげて伸びをした。

「どうします。茶うけの菓子はあるんで、また水茶屋にしますかい」

荷吉が章介にではなく、三四郎にうかがいを立ててきた。

「そうだな、いろいろあると喉が渇くよな」

さっきも寄っていた水茶屋の座敷に、四人は逆戻りするかたちとなった。

渋茶が来ると、

「ほい、それ」

三四郎が懐の饅頭を、荷吉と凡平に放った。

「栗《くり》饅頭ですね、そいじゃ遠慮なく」

荷吉は頓着《とんちゃく》なくぱくついた。凡平はなにも言わずに、口に入れている。

「おい、俺は恥ずかしいぞ。立ち寄った先から、茶うけの菓子を懐にねじこんできて、それを水茶屋で食うなんて」

章介は渋面を作るが、

「なら、おまえは要《い》らないのだな」

三四郎は残ったひとつをふたつに割り、ふたつとも口に入れた。

「おまえたち町同心は、立ち寄り先から袖の下の小判《こばん》をもらって、懐にねじこんでいると聞いたぞ。俺はそんな恥ずかしい真似はしないからな」

「そ、そんな不心得者は、ほんの一部だ」

からかってやると、章介はむきになって憤慨した。

「三四郎さま、さっきの大丸ですが、お邦の還暦《かんれき》の祝いかなにかで、清水《きよみず》の舞台から飛びおりるつもりであつらえるんですかね」

どう考えても、お邦に大丸はそぐわない。荷吉なりに、筋の通りそうな見立てを考えたようだ。

「亭主の時次郎はもう還暦に近いかもしれないが、お邦は五十路《いそじ》ってとこだろう。還暦なんて言ったらどやされるぜ」

三四郎は小腹を揺すって笑った。

「おい三四郎、おまえはなにを考えている。隠し事をするな」

突っかかってくる章介の相手はせず、

「さぁ、一服した。次は文鎮堂を見にいこうか」

顎をしゃくって、荷吉に案内をうながした。

五幕

水茶屋から歩いてほんの百歩、二百歩という近さに、文鎮堂はあった。

「けっこう広いな」

三四郎はまずそう感じた。敷地は百坪ほどだが、稽古場《けいこば》は寺の本堂を模《も》したような立派な二階建てで、一階が男座、二階が女座にあてられ、凡平たちの大人座は中二階にあった。

「あ～残念やで、わての学問も、中途半端に終わってしもうた」

凡平は短い期間だったが、通い慣れた学び舎《や》にたたずみ、愚痴《ぐち》をこぼした。

三座ともに琉球畳《りゅうきゅうだたみ》が敷き詰められ、天神机《てんじんづくえ》が何列にもわたって並べられていた。

天神机とは手習い処で使う引きだしのついた簡素な机だが、文鎮堂のそれはまだ真新しくて、古道具屋で仕入れてきたようには見えなかった。

正面には学問の神である天神さまこと、菅原道真《すがわらのみちざね》公の御真影《ごしんえい》を描いた掛け軸まででかけてある。

「金がかかっているな。ざっと三十両か」

文鎮堂の開設にあたっての掛かりを、三四郎はそう速算した。

「藺草《いぐさ》の香りがする。最近、畳表を張り替えたのだな」

章介は息を吸いこんだ。

「そうでんな。わては、この畳の匂いは好きや。頭痛くならへん」

凡平も深い息をした。

文鎮堂は開かれて三年だというが、もう畳替えをしている。長屋の住人などは、十年、二十年、古畳の上に平気で座っているものだが。

師範代などは置かず、左之助は一階から二階まで動きまわって、三座をひとりで教えていたとのことだが、一介の浪人者が開設の掛かりを、どうやって工面し、また安い謝礼で、どう日々のやりくりをしていたのだろうか。

「なぁ、凡平。大家の女房のお邦といい、死んだ左之助といい、駒込片町の住人は、どういうわけだか金まわりがいいようだな」

「ほんまですな。こっちも、うかうかしておれへん、池之端の爺さまから、もっとせびりとらなあかんね」

いつものことなのだが、凡平の思考は妙な方向につながっていく。

「三四郎、もう十分だろう」

章介が怒気《どき》を含んだ声で言った。

「こんなところで油を売っている暇はない。吉祥寺門前町の周囲を、範囲を広げて聞きこまねばならんし、妓の線も引き続き追う。おまえは九重の女将《おかみ》の顔でも、指をくわえて眺めていろ」

「そう邪慳《じやけん》にするな。もう一軒、同心の勘が働きそうなところに連れていってやるから」

三四郎は、にかっと笑って誘った。

「思わせぶりなこと言っても駄目だ……が」

章介はいささか迷った様子だ。

「しかたない、荷吉はこの暇男に付き合ってやれ。俺は正攻法の探索にいっそう力をそそぐ」


日が暮れかけていた。三四郎は、昼間、松吉のあとを追った根津千駄木にくだっていく道を急いだ。荷吉と凡平が、短い足で必死についてくる。

「やぁ、よかった、間に合った」

根津権現裏の千駄木町。町に一軒だけある両替屋の前で、番頭風の男が暖簾をおろそうとしていた。

「おい、俺たちは御用の筋だぜ」

暗くなってきたので手早く済まそうと、三四郎は初手《しょて》で強く出た。

「同心さまと……ああ、黒門町の親分ですか」

駒込片町や吉祥寺はじつは縄張りの外だが、より上野に近い根津・千駄木は荷吉の縄張り内のようだ。

「昼間、松吉って職人がここに来たな。それで思わぬ長《なが》っ尻《ちり》で、小半刻ほども粘っていたはずだ。そもそもやっこさんは、なにが目当てでここに来たんだ。単なる両替ではないのだろう？」

「そういうお訊ねでございますか。あの職人さんは松吉さんというのですね」

番頭はかえってほっとした顔で応じてきた。

「手前どもは、お上に隠しだてするようなことは、なにもございませんです。あの人から頼まれたのは、大判《おおばん》を一枚、使いやすい一朱金《いっしゅきん》や一分金《いちぶきん》に両替してくれとのことでした」

番頭はねちっと媚《こ》びる口調である。

「大判の両替だと！」

太い眉をつりあげたのは荷吉だった。

「俺なんか、大判なんて生まれてこのかた、拝んだこともない。おまえ、妙だとは思わなかったのか」

大判は小判十枚に相当するというのが建前で、大身の武家や大店で、もっぱら恩賞や贈答用に用《もち》いられる。

大多数の庶民は、見たこともないまま、一生を終える代物《しろもの》だ。

「もちろん、奇異に思いました。うちじゃなくてこの先の、根津の岡場所にすっ飛んでいきそうな若い職人が、大判を持ちこんできたのですから」

「先を続けてくれ」

荷吉は番頭の口元を凝視している。

「正直、盗人《ぬすっと》かと疑いました。それで手代を裏から番屋に走らせたら、それらしい盗難の届けは出ていないとのことで」

番頭は活舌《かつぜつ》なめらかにしゃべった。

「聞けば宮大工で、上野寛永寺の偉い僧正《そうじょう》さまにかわいがられ、こっそりと出向く茶屋遊びの露払いを務めているとのことです。それで、僧正さまから祝儀にもらった一枚とのことでした」

そのため安心して両替に応じたというのが、番頭の言い分だった。

「うちは銭両替屋です。一分金《いちぶきん》や一朱金と、銭との交換がもっぱらです。二朱銀や銀の小粒まで掻き集め、やっと七両二分、用意できました」

大判の額面が十両というのは格式だけのことで、実際の交換価値は七両二分である。

というのも含まれている金の正味《しょうみ》が、小判七枚半分しかないからだ。

「番頭さんよ」

黙っていた三四郎が、最後に口を入れた。

「松吉は、また来るかもしれない。大判を持ってな。そうしたら、交換する金貨も銀貨も足りないと理由をつけて足止めし、黒門町の親分のところに人を走らせるんだ」

番頭は口をぱくぱくさせながら、低頭した。

両替屋を出た三人はぶらぶらと歩き、夕闇漂う根津権現の参道で、立ち話をはじめていた。

「しがない職人が大判を持っとるちゅうことは、それだけで怪しいですわ。あの義賊《ぎぞく》・鼠小僧が庶民にまいたのを拾ったのかもしれへんけど、まかれたのは小判やしね」

凡平はむきになってまくしたてた。

「松吉はまっさらどころか、烏賊《いか》の墨《すみ》か烏《からす》のように真っ黒々でっせ。太鼓判押しますわ」

荷吉はふっと苦笑して言った。

「当の次郎吉が言うには、庶民に小判をまくなんて、そんなもったいないことするわけがない。あれは読売屋の筆まかせのでまかせだと……まぁ、そんなことはどうでもいいんだが」

十手で手のひらをぺんぺん打ちながら、三四郎を見て問うてきた。

「左之助を殺《や》ったのは松吉。三四郎さまは、そういうお見立てですよね？」

「文鎮堂の左之助は、もとは武士ということだが、凶状持ちじゃないかな」

三四郎は荷吉の問いに、頭で推量を働かせつつ答えた。

「一発大金をせしめて国許を逐電《ちくてん》し、江戸に出てきて善人に化けこんだ。そんな経緯をなにかの拍子に知った松吉が、折を見て千枚通しでぷすりとやり、大判を奪った。ざっと、そんなところじゃないか」

「なるほど、おおむね、辻褄《つじつま》は合いますが」

十手で肩をこつこつやりながら、荷吉は思案した。

「線香と醤油が、血糊の臭い消し……というのが、旦那のお見立てどおりだったとして、大家の女房が風呂吹き大根を届けたときの話は、どうさばきます」

鋭い眼差しを向けてきた。

「幕張の旦那は、兄妹のことをまるっと信じていますぜ。それから、火事だと叫んだ金切り声の主も、やっぱり気にかかりますしね」

「親分、あとはまかせる」

三四郎は懐手をして顎を掻いた。

「この一件は、さいわいなことに、舞台にあがっていた役者の頭数が少ないからな。松吉と妹、それに大家の女房だけだ。この三人に油断なく目を配って置けば、いずれぼろを出すさ」

「妹にもですかい。お笹は胸を病んでいます。寝床から抜けだして千枚通しを握り、左之助の盆の窪を貫きにいくのは、難儀じゃないですかね」

「俺はな、親分……」

参道の灯籠《とうろう》に背中をあずけながら、三四郎は言葉をつないだ。

「まったくの山勘だが、あの兄妹の貌《かお》が、どうしても引っかかるのだ」

「引っかかるって、どんなふうにです」

荷吉は食らいついてきた。

「ふたりとも、どこかこう作り物めいて見える。茶碗や壺《つぼ》の鑑定にたとえれば、どことなく品がないというか、卑《いや》しさが透《す》けて見えるというか」

「ひっひっひ」

　凡平が歯をむいて笑った。

「三四郎さまの人相鑑定かいな。岩倉の爺さまの名物鑑定と、ええ勝負や。一寸《いっすん》法師《ぼうし》の背え比べってとこやね」

　三四郎もつられて笑ってしまったが、すぐに面相を引きしめた。

「いいか、荷吉。くれぐれもお邦から目を離すな。もっと贅沢《ぜいたく》をはじめるかもしれないからな」

六幕

　それから十日ばかり経った昼さがり。

「おい、三四郎」

　がらりと腰高障子が開くと、章介が立っていた。

「話がある、というか話を聞かせてやるから、ありがたく思え」

　いつもの仏頂面だが、その口調に棘《とげ》はなかった。後ろに控えている荷吉のほうが、今日はむしろ硬い顔をしていた。

「おあがりやす。二階のほうがまだ、片付いてまっせ」

凡平の声が上からして、一同は三四郎長屋の二階で車座になった。

「文鎮堂の件だが、すべて片がついたぞ。一件落着した」

章介はぶっきらぼうに、そう口を切った。

「松吉とお笹の兄妹がな、自訴《じそ》してきたのだ。左之助を殺めて大判四十枚を奪ったのは、お笹だった。松吉は妹をかばって、すべての絵は自分で描いたと申したてているがな」

誇っているような、怒っているような、はたまた恥じているような、なんとも言えない章介の口ぶりであった。

「お笹は泣きながら白状した。あの夜、こっそりと臥所を抜けて左之助の隠宅に行き、兄の千枚通しを使って盆の窪をひと突きにした。さすがに全身が震えていたのだろう。帰りしなに提灯を落とし、火事だと思わず叫んだのだそうだ」

章介の口ぶりに、人を殺めたお笹への非難は感じられなかった。

「だがな、私は兄妹を無罪放免にするつもりだ」

きっぱりとした口調で、章介は確言した。

「へっ、十両盗んだら死罪がご定法《じょうほう》やろ。大判四十枚で三百両ですわ」

凡平が目をむいた。

「左之助殺しを含めたら、三十回以上、土壇場に座らせなならん。それを無罪放免でっか」

「この一件には、深い深い背景があったのだ。私はそれをあますところなく、あきらかにした。三四郎は偽同心だから、仔細《しさい》を教えてやるいわれはないが、これまでの成り行きがある。おい、荷吉」

あとはまかせたとばかり、章介は顎をしゃくった。

「兄妹と熊沢左之助は同郷でした。野州・奥那須藩《おくなすはん》という一万石の小藩の領内です。左之助は代官を務めていましたが、とんでもない悪代官だったようです」

藩領は寒冷地で、物成がよくない。それでも左之助は鬼代官として、容赦なく取りたてる。

領内には、立ち行かなくなった潰れ百姓が続出した。

奥那須藩のすぐ北は奥羽《おうう》の地である。奥羽には本葉家《ほんばけ》という豪商がいて、潰れ百姓の土地をどんどん買い取り、奥羽一の大地主となっていた。

『本葉さまには及びもせぬが、せめてなりたや殿さまに』

という里謡《りよう》が流行っていた。要するに、奥羽や北関東の藩主たちよりも、本葉家のほうが裕福で羽振りがいいのだ。

「ここのところ奥那須藩領は冷害続き。年貢《ねんぐ》の徴収が滞《とどこお》っていました。ところが左之助はそんなありさまのなか年貢米をくすね、隠匿《いんとく》していやがったんです」

怒気を含んだ声で荷吉は続けた。

「隠匿した年貢米を、本葉を通じて横流ししていたわけですが、潰れ百姓の田畑を本葉に斡旋《あっせん》をし、しこたま礼物を受け取ったりもしていた。それで、しこたま貯《た》めこんでいたわけでして」

聞きながら凡平の顔がゆがんだ。温厚な手習い師匠というのは、鬼畜《きちく》のような代官が世間を欺《あざむ》くための、作り物の貌《かお》だったのだ。

ところが四年前、さすがに年貢の集まりが悪すぎるのが藩庁で問題となった。江藤文蔵《えとうぶんぞう》という正義漢《せいぎかん》の郡代《ぐんだい》が、左之助の所業を怪しみ、目付を動かして証を集めはじめた。

ところがである。あろうことか、左之助はその目付を籠絡《ろうらく》して、弥兵衛《やへえ》という名主《なぬし》に罪をなすりつけるや、独断で磔《はりつけ》にしてしまった。

といって、数々の悪事のすべてに蓋《ふた》をするのは難しい。

状況の不利を見極めた左之助の動きは早かった。

これまでに蓄《たくわ》えた金のうちから千両を藩に献上し、ふたりの家老と藩・大目付にも抜かりなく百両ずつ配った。

それで藩からは、罪をうやむやにしてもらった。

そして自分は、疑いを受けた責任を取ると称して浪人し、四年近く前に江戸に出てきたということだった。


「江戸には、隠し残していた千両箱のひとつを抱えてきたのでしょう。それで文鎮堂を開き、後ろ指をさされぬ真人間を演じはじめたということです」

荷吉が語り終えると、章介が口を入れた。

「いまの話の流れは松吉の口から出たわけだが、お奉行の名で奥那須藩の江戸藩邸に問いあわせたところ、おおむね間違っていないことが確かめられた。無論、藩の重役どもが、左之助から賂《まいない》を受け取ったことについては、言葉を濁《にご》していたがな」

「いままで聞いた話から察するに……」

三四郎はしばし黙考《もっこう》したあと、口を開いた。

「あの兄妹は、無実の罪で磔《はりつけ》にされた名主の倅《せがれ》と娘だった……どうだ、いい線いっているか」

当て推量してきた三四郎に、

「さ、さすがは三四郎さまだ。どんぴしゃですぜ」

「三四郎、おぬし、極楽とんぼのような顔をして、まこと油断できんな」

荷吉と章介はそろって唸った。

「たいした推量じゃない。ただ兄妹を無罪放免にするには、敵討《かたきう》ちという体裁《ていさい》をとるしかない。その線からたどったのだ」

敵討ちは、人殺しには違いないが美挙《びきょ》とされていて、罪には問われない。

「そこまで見通していたのか！」

章介は唖然《あぜん》とした顔で絶句した。

「それからなんですが」

ふたたび荷吉が語りはじめた。

「親父さんの名主が磔になったとき、あやうく兄妹も連座で罰せられるところだったようです。それを、さっきも話に出た正義派の郡代が憐《あわ》れんで、隣藩に逃がしてやったそうなんです」

兄は竹細工の職人、妹はお針子。隣藩では、江戸に出てきてからと同じ仕事をしていた。

「ところがしばらくして、仇の左之助が江戸に出たという噂を聞いた。そこで兄妹は覚悟をかため、仇を追って江戸に出た。それでとうとう、左之助を吉祥寺門前町で追いつめたというわけです」

「なるほど、苦節三年の末、大願成就《たいがんじょうじゅ》ってわけやね」

凡平がはしゃぐように言った。

「どうだ三四郎、得心がいっただろう。あの兄妹、私が端《はな》から見てとったとおり、親孝行の忠義者であったのだ」

揺るぎのない章介の口調だった。

三四郎は瞑目《めいもく》して、今度は長い黙考をした。

「兄妹は自訴してきたのだよな。いつのことだ、きっかけはなんだった?」

目を開いた三四郎が問うと、

「皆で駒込片町を探索した翌日、例の両替屋から通報があったんです。大判を持って、また松吉が来たと。それで両替は待ってくれと番頭が及び腰で頼んだら、その物腰でどうも観念したようなんです」

荷吉がすぐにそう応じた。

「それから、三四郎さまのこともあったようです。三四郎さまのような人に目串しを差されたら、とても逃げきれないと悟ったようで。それで、自訴する腹をかためた。さっそくその晩に、あっしのところに来ました」

三四郎はすかさず険《けわ》しい目をして発した。

「松吉とお笹は当初、隠し通すつもりだったのだよな。そのために、いろいろな算段を弄《ろう》している」

次々と指を折りながら、三四郎は例をあげた。

「まず胸を匕首で刺したし、鰯の油や線香を盛大に焚《た》いて、血糊の臭いを隠そうとした。お笹が左之助を殺めたあと、火事だと叫んだのも、同じ時刻に長屋の二階で臥せっていたという証を用意してあったからだろう」

章介を見据《みす》えて、念押しするように問うた。

「そのあたりのことを、おまえはどう考えているのだ?」

「その辺は大目に見てやろうと思う。なんと言っても、敵討ちの本懐《ほんかい》を遂げたのだからな。三四郎もあまり細かいことはつつくな」

すっかり兄妹に心を傾けてしまっていて、堅物のはずの章介が、いつになく甘い処置で押し通そうとしていた。

「大甘三太郎だな。そもそもだ。左之助殺しは敵討ちとして認定できる……そう兄妹に教えてやったのは章介、おまえなのだな？」

三四郎は語気を強めて、章介に迫った。

武家の敵討ちは、事前に主家に届けを出していることが必要だ。ただそれは武家の世界の規定で、庶民の場合には、規定そのものがない。

ではあるが庶民の場合、殺めた相手が親の仇であったと実際に確認がされたら、届けの有無など関係なく、敵討ちと認められた。世間では、敵討ちは忠孝の美談なのである。

ただそのあたりは、あまり世間で知られている話ではない。

「そうだ、この私だが、悪いか。左之助は鬼代官で、松吉とお笹は忠孝の兄妹なのだぞ。ほんの少し情実は混じっていても、お奉行も与力たちも異議はとなえないはずだ」

聞きながら、三四郎の胸には違和感ばかりが取り巻いていた。

松吉とお笹は、親の仇とはいえ左之助を殺めて大金を奪い、その犯行を隠し通すためのさまざまな小細工をした。章介はそれらすべてをまるっと、大目に見ようとしている。

「お邦のところに行こう。お邦がなぜ、兄妹のために偽《いつわ》りの証を申したてたのか。大目に見てよいかどうかの判断は、それからでもよいだろう」

三四郎が皆をうながすと、章介は口元をゆがめながら、うなずいた。


それから一同うちそろって、駒込片町の大家の家に出向いた。

大家の家では、杉の茶簞笥《ちゃだんす》が、馬鹿っ高そうな紫檀《したん》のものに変わっていた。だけでなく、家財調度がすっかりと真新しくなっている。

やはり、なにかある。

「お邦さんよ、おまえさん、どういう料簡《りょうけん》で、あの夜、お笹と言葉を交わしたと嘘《うそ》をついた？」

三四郎は開口一番、詰め寄った。

「う、嘘じゃないんです。たしかに、お笹ちゃんの声が聞こえたんです……というか聞こえた気がした……それに、寝床も盛りあがっていたし……いまから考えると、人形でも寝かしてあったのかもしれないけど」

しどろもどろになって、お邦は言いわけをした。

「あいすいません。お笹ちゃんが、あんなおっそろしいことしでかすなんて、夢にも思わなかったものですから。それで、かばうような口ぶりになって」

お邦は兄妹が自訴したことを、とっくに知っていた顔だった。

「それにしても、ずいぶんと豪勢に家具を取り替えたもんだな。あの兄妹は、左之助から大判四十枚を奪ったと白状《はくじょう》している。おまえたちも何枚か、お裾《すそ》分《わ》けにあずかったんじゃないだろうな」

荷吉は十手を撫でながら迫った。

「それとも富くじで、一番当たりしたとでも、与太をかます気か」

「め、めっそうもありません」

亭主の大家のほうが、言い繕《つくろ》ってきた。

「かれこれ三十年も、大家業に専心してまいりました。家では倹約《けんやく》ひと筋にやってきましたので、これくらいのことは」

夫婦してひたすら低頭し、やましいことはしていないと訴えてくる。決め手がないまま、一同は腰をあげた。

一行は、前にも入った水茶屋の座敷に腰をおろした。

「なぁ、章介。おまえは兄妹の左之助殺しを敵討ちだと認定するにあたって、奥那須藩の人間に、兄妹と左之助の人体《にんてい》を面通しさせたのか？」

章介はむっと顔をしかめた。

「兄妹も左之助も、いまは奥那須藩の藩士・領民ではなく江戸の町民だ。そこまでする必要はない。我ら町奉行所が認めれば、それでいいのだ」

「兄妹は、大判を四十枚奪ったと供述しているのだよな。左之助が隠宅に隠匿していたのは、大判が四十枚だけだったのかな」

三四郎が重ねて問うと、

「左之助がいくら持っていたかは、いまさら確かめようがない。普段、世話をしている礼にと、お邦も一枚ぐらいもらって、それが紫檀の箪笥に化けたか知らんが、それも大目に見る」

大目に見てよいとはとうてい思えないが、章介に動じる様子はなかった。

「兄妹を無罪放免にするなら、かばったお邦だけを罰すわけにいかんだろう」

「風呂吹き大根一皿の見返りが、大判一枚かいな、これぞ大盤振る舞いやね」

凡平の相手はせずに、章介は言葉をつないだ。

「あの兄妹は赦《ゆる》してやりたい。奪った金は、国許に帰って、左之助と本葉屋に土地を奪われた百姓に分けてやるつもりでしたと、涙ながらの釈明を聞いたのだ。最初に大判一枚を千駄木で両替したのも、妹に人参《にんじん》を飲ませてやりたかったのだと、松吉は言っている」

朝鮮人参は万病《まんびょう》の特効薬だと、神格化されている。

それにしても、三四郎は章介の本性を見た思いがした。ひとたび情にほだされると、同心の本分までどこかに行ってしまうほど、ほだされてしまう。

「おい、考えてもみてくれ」

三四郎は章介ではなく、荷吉を見て続けた。

「あの兄妹は、堅気《かたぎ》の名主の子にしては、手のこんだ策を弄しすぎている。さっき例をあげた以外にも、隠宅の手文庫をわざと開け放しにしたこともそうだ」

三四郎はさらにたたみかけた。

「それにお笹は、普段から女であることを利用して左之助に近づき、その日常を探っていたのではないか。だから女の身で、やすやすと左之助の盆の窪に、千枚通しを突きたてることができたのだ」

左之助の隠宅に出入りしていた妓とは、お笹ではなかったのか。三四郎の指摘に、章介は押し黙ってしまった。

疑念がもうひとつ、三四郎の胸に取り巻いていた。

あの兄妹は、敵討ちを装えば罪に問われないと、端から知っていたのではないか……。

幾重にもほどこした小細工が破れ、左之助殺しが兄妹の仕業だと露見したとしても、おそらくは罪に問われない。もしくは、罪が大きく軽減される。

そこまで読んだうえで、手を染めた犯科《はんか》ではなかったか。

ただそれを章介の前で口にするのは、どこかはばかられた。

「荷吉は引き続き、兄妹とお邦から目を離すな。それから」

三四郎は章介の肩に手を置いた。

「奥那須藩の藩庁と、公儀の下野・東郷《とうごう》陣屋に問いあわせろ。あの松吉とお笹だが、本物の名主の倅と娘なのか、調べをつけてもらうのだ」

七幕

それからまた十日ばかり経った夕べ。

九重で飲んでいた三四郎と凡平のところに、章介と荷吉が訪ねてきた。

文鎮堂の件が、再度の一件落着を見たという。

四人で苦い酒となった。章介と荷吉が、こもごも口を開いて、その最終盤の経緯を語った。

一昨日の夜半、兄妹はまるで夜逃げをするように、こっそりと与助店を出た。間髪《かんはつ》をいれず大家の家からも、人影がふたつ現れ、兄妹をつけていった。

四つの影は、岩槻街道を北西に向かい、右手に駒込富士神社の常夜灯《じょうやとう》が見えてきたあたりでもつれあった。

ずっと張りこみを続けていた荷吉の手下たちが駆け寄ると、四人はつかみあいを演じており、その騒動の最中に松吉の懐から巾着袋《きんちゃくぶくろ》が、がちゃん、と地面に落ちた。

四人が這《は》いつくばってその巾着袋を奪いあっているところを、手下たちが地面に押しつけるようにしてお縄にした。数えてみると、押収された大判は四十五枚であった。

四人は自身番屋の土間に据えられた。兄妹はそっぽうを向いてふてくされていたが、観念したのか、お邦と亭主のほうは、ぺらぺらとしゃべった。

左之助が殺されたその夜のこと。

風呂吹き大根を届けてやったときの松吉は、どこかそわそわしていた。

二階にあがってお笹ともひとことだけ、言葉を交わしたが、いつもと違ってこちらを向こうとはしない。それに発してきた言葉も、どこか違和感があった。

部屋中が煙かったので、とりあえず退散したが、なにかおかしいとお邦は睨んだ。そして、どんぶりを取りにいくふりをして夜半にもう一度訊ねると、あぐらをかいた兄と妹が大判を数えていた。

『盗《と》ったのかい?』

押し殺した声で、お邦は問う。

『そんなんじゃねぇ』

松吉はかぶりを振り、お笹は化け猫のような顔をして睨んできた。

『盗ったんだろ』

と決めつけて、

『見なかったことにしてやる、口止め賃だ』

と、大判を十枚、兄妹から巻きあげた。

そして家に帰るや、大判に目を白黒させる亭主に言った。

『おまえさん、あの兄妹はね、あたしの目分量だと、あと百枚近くはこれを持ってるよ』

その翌日、町方の同心と御家人が、それぞれ手下を連れてやってきたが、うまくやりすごした。ところがそのまた次の夜、松吉がやってきた。

『両替屋に指《さ》された。それに、あの三四郎ってのは並大抵じゃない。俺は自訴することに決めた』

追いつめられているわりには、松吉は落ち着き払っていた。

『左之助から奪ったのは四十枚だと、荷吉親分には言う。一両は使ってしまったので、三十九枚をお返ししますとな。お邦さん、あんたには世話になった。あんたに渡した十枚のことは、口をつぐんでおく。金輪際、口にしないから安心してくれ』

そんなおためごかしを、松吉は口にした。

問いつめると、左之助は親の仇だ、敵討ちなので罪には問われないからと、自訴する事訳《ことわけ》を口にした。

『持ってるんだろう。三十九枚返しても、あと五十枚ぐらい、あるのだろう』

お邦はぬらっと迫った。

『こっちも長年、商売をやっているんだ。あたしの目はごまかせないよ。おまえたち兄妹が大判をたんまり隠し持っていることを、お畏れながら、と訴えてもいいが、大家と店子《たなこ》の仲だ。この際、半分こでどうだい』

脅《おど》しつつそう持ちかけたが、松吉は逆に脅し返してきた。

『そうかい。ならこっちも、大家の女房に十枚脅しとられたと、お上に申しあげるまでだ』

結局のところ、松吉がお邦に、あと五枚渡すことで折りあった。

とはいえ、お邦は納得したわけではなかった。あの兄妹は間違いなく、あと四十枚や五十枚は隠し持っているはずだ。

無罪放免を勝ちとって、機を見て江戸を売り、上方にでも行って贅沢三昧《ざんまい》するつもりだろう。

そんなあたりをつけて油断なく様子をうかがっていたら、案の定だった。

夜逃げを決めこむふたりを追った。

あと十枚、いや二十枚は召しあげてやる。普段はおくびにも出さない胴欲《どうよく》に駆られて追いすがったが、四人まとめて、あえなくお縄になった。

「それからな、奥那須藩と東郷陣屋から、第一報がお奉行のところに来た」

名主の倅である松吉とお笹は、与助店にいたふたりとは、ずいぶんと風体が違うのだという。

兄は小柄で、妹は上背《うわぜい》があり、のみの夫婦ならぬ、のみの兄妹であった。与助店のふたりとは真逆である。

それから三年半前、兄妹が下野を離れたのとほぼ時を同じくして、北関東をめぐっていた旅芸人の一座から、男女の若い座員が消えた。男の座員は末蔵《すえぞう》といい、左之助が代官をしていた代官所の手代の倅であったという。

三四郎は章介を見て、確かめるように言った。

「その倅は、江戸に行った左之助が、大枚の金を持っていることを知っていた。それで仲間の女座員と語らい、隣藩で暮らしていた名主の兄妹にすりかわるや、江戸まで左之助を追ってきたのだな」

章介は口元をゆがめた。

「そうだ、すりかわった。目当ては左之助の金。左之助を殺めたことが露見したとしても、敵討ちで黙過《もっか》されると、端からたかをくっていやがったんだ」

一座のふたりは、声色芸《こわいろげい》の達人であったという。

「お邦が聞いたお笹の声というのは、幻《まぼろし》ではなかったのだ。松吉の声色だったわけだ。寝床には生き人形という、生身の人間そっくりな奴が横たえてあった」

「待て、松吉が声色を使ったのなら、お邦もさすがに気がつくだろう。すぐそばにいたのだからな」

「それも、そうだな」

首をひねりあう三四郎と章介に、銚子《ちょうし》の追加を持ってきたおりきが笑いかけた。

「あら、そういう八人芸人もいるんですよ。両国《りょうごく》にもいるし、上野広小路や山下の盛り場にもいます」

話を途中から聞いていたらしい。おりきはふたりに酌《しゃく》をしながら、続けた。

「八人芸人というのはご存じのとおりで声色の芸人ですが、唇を動かさずに声色する、もう一段上の声色名人もいるんですって」

「なるほど……上には上がいるということだな。とにかくこれで、最後の謎《なぞ》も解けた」

くいっと干した三四郎は、おりきに返杯した。

凡平が、急にぶるぶると首を振った。

「それで、本物の名主の家の兄妹はどうなったんやろ。冷たい土の中かいな」

「おそらくな。これから章介が厳しく詮議《せんぎ》して、埋めた場所をあのふたりから吐かせるだろうが、遺骨《いこつ》をねんごろに弔《とむら》ってやりたいものだ」

三四郎はめずらしく、しんみりとした口調で言った。

「私は女というものが怖くなった。あのお笹に化けこんだ女といい、お邦といい、魔物だのう」

章介も首をぶるぶると振ったが、すぐに双眼《そうがん》に力がこもった。

「三四郎、今回のことで私の鼻をあかしたつもりだろうが、次はこっちの番だ。近いうちに嵐山流と渡月斎の身辺を洗い、目にもの見せてやる」

「そうだったな。爺さまには、入念に首を洗っておくように伝えておく。それはそうと、さぁ、今夜は飲め」

三四郎はからからと笑うと銚子を握り、章介の杯に注《つ》いだ。

第三話　忌屋敷《いみやしき》の怪

一幕

旧暦《きゅうれき》十一月も明日は晦日《みそか》なのだが、今年の江戸は、筑波颪《つくばおろし》も吹いてこずに暖かかい。

三四郎は肘枕《ひじまくら》して古畳に寝そべりながら、夢と現《うつつ》の間を行き来していた。

「へへ、いま帰りましたで」

三四郎長屋の二階の住人である点違いの凡平が、がらりと腰高障子《こしだかしょうじ》を開けた。

「どうだった、爺《じい》さまのご機嫌は。麗《うるわ》しかったかい？」

凡平は、岩倉渡月斎の命で三四郎につけられた、お目付け役でもある。それで月に二度、たとえ何事がなくても嵐山流本部である渡月庵まで、近況を報告に出向くことになっているのだ。

「ぼちぼちでんな。わてが顔を出すと、相変わらずしかつめらしい顔で、小難しかしそうな本を読むふりをしてはりますが、ほんまのところは、これですわ」

凡平は小脇に抱えてきた風呂敷包みを開いた。

「読本《よみほん》かい。何冊もあるな」

三四郎はそのうちの一冊を取りあげて、ぱらぱらとめくってみた。

「めちゃおもしろおまっせ。次々、刊行されとって、爺さまは欠かさず買《こ》うて読んではる。わても最初の幾冊かはもう読んでしもうたので、続きを借りてきたんですわ」

「お題は禿紫《はげむらさき》助平源氏《すけべいげんじ》か……どっかで聞いた名だな。ふむ、書いたのは珍竹亭《ちんちくてい》か」

読本は挿絵《さしえ》よりも文章が主体の戯作本《げさくぼん》だが、それでも男女の際《きわ》どいありさまの絵が、目に飛びこんできた。

「お察しのとおりで、柳亭種彦《りゅうていたねひこ》の偐紫田舎源氏《にせむらさきいなかげんじ》をそっくり真似た際物《きわもの》ですわ。真似いうても、もっと通俗化して、将軍さまの性豪ぶりを茶化してはります」

凡平はきっきっと歯をむいて笑った。

もともと、柳亭種彦の偐紫〜も、紫式部《むらさきしきぶ》の「源氏物語《げんじものがたり》」を下敷きにしている。

修紫の紫は、紫式部のことである。それで主人公は現将軍・家斉を模《も》していると、誰しもが思っている。

それが珍竹亭の『禿紫〜』では、もっと露骨に現将軍の好色ぶりを風刺《ふうし》した、くだけた中身になっているとのことだ。

「とにかくおもろい。そやさかい、飛ぶように売れとるそうや。三四郎さまも読んでみるとよろし。どうせ暇《ひま》なんやし」

「天下の暇人に違いはないが、爺さまとこれ以上、話が合うのも、どうかと思うのでな」

三四郎はその一冊を、風呂敷の上に戻した。

「おっと、珍竹亭の下に、別な名がついているな」

珍竹亭・畠鼻刑部《はたけはなぎょうぶ》というのが、戯作者の正式な名乗りらしい。どうせ筆名だろうが、畠鼻とは変わった名だった。

「色っぽい中身なのだろう。春琴亭《しゅんきんてい》・絹七《きぬしち》とか、嵐恋路郎《あらしこいじろう》とかのほうがいいんじゃないか。畠鼻刑部なんて、おっかない武将みたいじゃないか」

「売れとるんやから、ええやないの。でもまぁ、三四郎さまの言うとおりで、この戯作者の正体は武士やろな。柳亭の先生も、本名は高屋《たかや》なんたらいう、小旗本《こっぱたもと》だそうやから」

大田南畝《おおたなんぽ》は幕府の勘定方の役人だったし、滝沢馬琴《たきざわばきん》は旗本の用人であった。当世の文人は武士の出が多い。

「まぁせっかく借りてきたのだから、読んでみるか」

三四郎があらためて手を伸ばしかけたとき、

「ごめんなさいよ。三四郎さまはおられますかな」

腰高障子が、またもや、がらりと開いた。


「なんだ、大家か、なにか用かい」

「なんだ、大家か、とはご挨拶《あいさつ》ですね」

口許をすぼめて土間に立ったのは、三四郎長屋の大家である市右衛門《いちえもん》だった。

「迎えにきたんですよ。今日は千駄木まで同道してもらう約束だったでしょう」

「千駄木までかい、そうだったかな」

別にとぼけているわけではなく、本当に忘れていた。

「三四郎さまは、これだから……」

市右衛門は凡平と顔を見あわせ、含み笑いをみせた。

「ほら、千駄木の小畑《おばた》さまが借りていた屋敷の話ですよ。小畑さまがあんなことになって、次の借り手がいなくってね。地主で家持《いえもち》の為五郎《ためごろう》さんがいたく難儀をしている。それであたしが屋敷をあずかって、なんとか借り手を見つけようということになった……そういう経緯だと、説明したでしょうに」

そういえば、そんな話を聞いた気もした。

この市右衛門は大家業だけでなく、地面や建屋の売買取引や賃貸しの斡旋《あっせん》にも手を染めている。

商売柄《がら》、借りたい、貸したい、引っ越したいという人間と始終、接していることもあって、江戸の大家のなかには、同様の副業をしている人間が多かった。

「そうしたらね、百聞《ひゃくぶん》は一見に如《し》かずというから、一度、その貸しにくいという地面と屋敷の様子を見にいってみるかと、三四郎さまの口から出たのですよ」

次第に押しこまれてきた三四郎は、

「わかった、わかった。千駄木だろうが滝野川《たきのがわ》だろうが、付き合ってやるから、その前にどこかで朝飯を食わせてくれ」

「そのつもりで店も決めてありますよ。ではまいりましょう」

この湯島・妻慈町の三四郎長屋は、もともとは三太郎《さんたろう》長屋と呼ばれていた。

ずいぶん昔に、三太郎という大酒飲みの大工が住んでいて、酩酊《めいてい》しては道端で放尿して顰蹙《ひんしゅく》を買っていたのが由来である。

名誉ある由来ではないし、大馬鹿の三太郎長屋などと蔑称《べつしょう》する者もいた。

それで上方から来た三四郎が入居したのを機会に、語呂のいい三四郎長屋にと、市右衛門が改称したのである。

根津と千駄木は、間に本郷を入れて、湯島とはいわばひとつ界隈《かいわい》だった。

三四郎と凡平は、禿紫助平源氏を読むのはあとのことにして、大家に同行することになった。

行きがけに湯島天神門前町の一膳飯屋《いちぜんめしや》に、朝昼兼用の飯を食いに寄った。

茶漬《ちゃづ》けにしてどんぶり飯を掻《か》っこんでいると、知った顔がやってきた。

「今日はわっしもお供しますぜ」

錆鼠《さびねず》の羽織《はおり》に紺《こん》の股引《ももひ》き、紬《つむぎ》の角帯《かくおび》に素十手《すじつて》の落とし差し。けっこう渋い扮装《なり》で現れたのは、黒門町の荷吉だった。

「根津、千駄木まではわっしの縄張り内です。あの空き屋敷のことは、前から気にかかっておりましてね」

今日は幕張章介とは別行動なのだろう。そのせいかどうかは知らぬが、荷吉はなんだか楽しそうだ。

「じつは親分にもかかわりのあることなので、お呼びだてしました」

市右衛門はそう発しつつ、

「ああ、弘善《ひろぜん》さん、こっちこっち」

たったいま、縄暖簾《なわのれん》を手で分けてきた男を、手招きした。

「八瀬三四郎さまですね。今日は手前も、道案内に同行させていただきます」

三十なかばのまだ若い商人が、三四郎の前で腰を折った。

「三四郎さま、こちらは弘屋《ひろめや》の善六さんといって、千駄木にすこぶるお値打ちの貸し屋敷があると、『お披露目《ひろめ》』をしてもらっているのですよ。弘善さん、こちらが八瀬三四郎さま」

取り持ち上手《じょうず》の市右衛門が、調子よく言葉を並べて引きあわせてくれた。

「小普請の御家人さまですが、ここのえ同心だったたか、このえだったたか、とにかく不思議なお役に就《つ》いているお侍さまです」

「弘屋ってのを見るのは初めてだが、よろしくな」

三四郎は屈託《くったく》ない笑みを浮かべて、弘善に会釈《えしやく》を返した。

弘屋は引札《ひきふだ》を配って、商売や商品の宣伝をする。引札とは商品や商店の、売りだしの宣伝のための一枚刷りだ。

そのほかにも、役者や家元の襲名披露の手伝いをしたり、三座の芝居の宣伝をしたりと、要するになんでもする。

「今日はずいぶんまた、大がかりな見分《けんぶん》やね」

凡平が目を丸くすると、

「これも、なんとか借り手を見つけたいとの、賑《にぎ》わしですよ。じつはもうひとり、来ます。あっ、噂《うわさ》をすればで」

市右衛門が再度、縄暖簾に手を振った。

「皆さん、おそろいですね。お願いする立場の私が、どん尻のようで」

近づいてきたのは、緑がかった利休茶色《りきゆうちやいろ》の袖《そで》なし羽織を着た、温厚《おんこう》そうな商人であった。

「本日はご苦労さまでございます。千駄木で植木屋を営む、植為《うえため》です」

しごく丁寧《ていねい》な辞儀をしてきた。

「為五郎さんは、あたしとは手習い処《どころ》が一緒でしてね。竹馬《ちくば》の友《とも》と申しましょうか、かれこれ四十年近い付き合いです」

市右衛門が、植為との親しさを強調した。

「そうかい、おまえさんが、これから見にいくいわくつき空き屋敷の、持ち主ってことだね」

ふんふんとうなずきながら、三四郎は為五郎の人体《にんてい》を見た。植木職人だからか、五十路《いそじ》前だが、身の軽そうな腰つきをしていた。

「皆さんにこうして集まっていただいたのはですね、空き屋敷にまつわるいわくについて、それぞれのお口から、事前に三四郎さんと凡平のお耳に入れておいてもらったほうが、なにかと円滑《えんかつ》じゃないかと思ったからなんです」

市右衛門がそう告げると、

「へへ、ほなら団子《だんご》と渋茶をもらって、じっくりやりとりしたらええね」

ひいふうみと、凡平は飯台に座った頭数を数えた。

「ねぇちゃん、団子七皿に、渋茶を六つや」

自分だけ二皿食うつもりらしく、凡平は頭数をひとつ、さばを読んだ。

「手前の家は千駄木の地主で、爺さまの代から植木屋を兼ねております」

まず口を切ったのは、依頼主である植為であった。

高台で風光明媚《ふうこうめいび》な土地柄である千駄木には、植木屋が多い。

「千駄木から上野・谷中に通じる団子坂《だんござか》の北側に、まとまった地面を持っておりました。それでこの市右衛門さんにも勧められて、二年前に貸し屋敷を三軒建てたのです。場所がいいので、すぐに埋まるだろうと」

「そうなのです、場所柄はとびきりよいのですよ」

市右衛門がおっかぶせるように、口を入れてきた。

「根津・千駄木のあのあたりは、曙《あけぼの》の里という別名もあります。江戸前の海をへだてて、房総《ぼうそう》の山まで見えるのです。朝ぼらけの景色はとくにすばらしい」

たしかに千駄木は江戸の景勝地《けいしょうち》で、景色を売り物にした料理屋や茶屋も軒《のき》を並べていた。

「地元《ところ》の人間が、地元の自慢をするようですが、本当に一等地なのです。団子坂の菊《きく》人形は名代ですし、寛永寺の御林《ぎょりん》に囲まれ、いたって閑静《かんせい》です」

ついで植為が、持ち家自慢の一節を開陳しはじめた。

「それにこう申しあげてはなんですが、本所・深川の川筋と違って大水で水浸《みずびた》しになることもありませんし、高台で地震《ない》にも強いのです」

幼馴染《おさななじ》みのふたりは、代わる代わるに熱弁した。

「それであっという間に、二軒については借り主が決まりました。一軒は大店《おおだな》の薬種商の寮に。一軒は、さるお旗本のご本宅にです」

市右衛門はよどみなく言葉をつないだ。

「三軒目だけは、いささか遅れました。ここは少し眺望《ちょうぼう》が劣《おと》るものですから。それでもやはり、あるお旗本に、下屋敷として借りていただくことができました」

市右衛門は、くふっと笑った。

「こちらは、あからさまに言えば妾宅《しょうたく》です。それから、三軒の家賃の取りたてなどは、大家としてあたしが代行させてもらっております」

「いい物件であることは、もう十二分にわかったからさ。いわく、とやらについて早く話してくれよ」

三四郎の苦言に、ふたりはそろっておでこに手をあてた。

「では、ここからはわっしから」

根津千駄木も縄張り内である黒門町の荷吉が、そこで話を引き取った。

「一年ばかり前のことです。本宅として使っていた小畑九太郎《きゅうたろう》ってお旗本の屋敷で、大騒動が起きましてね」

荷吉が切りだすと、三四郎も思いだした。

ねぐらである湯島からは少し離れた根津・千駄木のほうで、旗本の一家で大《だい》惨事《さんじ》が起きたという噂が聞こえてきた。とはいえ、すぐ隣近所で起きたというわけではないので、仔細《しさい》までは耳に入ってこなかった。

「小畑さんてのは、江戸城で吹上添奉行《ふきあげそえぶぎょう》ってお役に就いていた小旗本です。もともとは神田に近い練塀小路《ねりべいこうじ》の、登城にも便利なところに屋敷があったそうですが、そこは人に貸して、植為さんの家作に移ってきていました」

小身旗本の常として、家計は逼迫《ひっぱく》していたらしい。言うまでもなく、家賃の差額を生活の足しにしようという算段だ。

「吹上奉行ってお役目はなんですかいな？」

凡平は首を傾《かし》げた。

「普通はお花畑奉行って呼ばれています。江戸城・吹上の庭のお花畑やお茶屋の世話をするのが仕事で、小畑さんはその添役だったわけです。一応は百俵高の歴《れっき》とした役付きだったんですがね」

荷吉は心なしか声をひそめて続けた。

「ある冬の夜、奥方が喉《のど》を突いて死んだ。ひとりだけいた女中も、井戸に身を投げて儚《はかな》くなった。小畑さんも腹を切ろうとしたようなんですが……死にきれなかったようでね」

座敷で割腹《かっぷく》をこころみたが、果たせず、座敷の畳や廊下、それに庭にも血をぼたぼた垂らしながら、逃げて行方をくらましたのだという。

「逐電《ちくてん》したのか。まぁ、介錯《かいしゃく》なしで腹を切って死ぬのは至難《しなん》の業《わざ》というからな」

三四郎の言には、幾分の同情がこもっていた。

介錯あっての切腹である。腹に刃を突きたてても、激痛で悶絶《もんぜつ》するばかりで、とても腹十文字になどかっさばけない。よほどの豪傑《ごうけつ》なら別だろうが。

「それにしても、みっともない末路になりました。女房や女中はあの世に送っておいて、自分だけ生き恥をさらしたわけですから」

荷吉のほうは、辛辣《しんらつ》な口ぶりであった。

「そやね。まぁ武士は腹を切る、奥方は喉を突く、女中は井戸に身を投げるというんが、落城の折の定番やけど、商人のように首をくくれば、間違いなくあの世に逝《い》けたわけや。つまりは、端《はな》から自分だけ生き残る腹だったんちゃうかな」

凡平の見立ては、さらに辛辣であった。

「親分、いま、あの世に送っておいて、と聞いたが、生活苦かなにかで夫婦心中をはかったわけではないのか？」

三四郎の問いに、荷吉は小刻みに首を振った。

「凄惨《せいさん》な現場だったんで、お目付からのお申しつけでね。幕張の旦那《だんな》とわっしとで、検死をしたんです」

目付としては、酸鼻《さんび》な屍体《したい》を見たくなかったのだろう。

町方は旗本屋敷には立ち入れないという建前だが、依頼があれば出向くということらしい。

「自死したというより、亭主《ていしゅ》にさせられたんでしょう。奥方の手のひらには、短刀の切り傷がいくつもついていましてね。後ろから抱えこまれて、無理やり喉を突かされたってのが、幕張の旦那の鑑定でした。それから女中のほうもね」

井戸からあげられた亡骸《なきがら》には、後襟《うしろえり》に大刀で斬られたほつれがあったという。

「驚いたな、小畑に大刀で追いかけまわされて、井戸に追いつめられたってことか」

「そういうことだろうと、幕張の旦那も見立てていました。乱心したのか、逆上したのか、とにかくとんでもない小旗本ですぜ」

語りつつ荷吉は肩をすくめた。

「それで凶行に及んだ事訳《ことわけ》は、なんだったんだい。借金苦で無理心中をはかったが、奥方に拒《こば》まれたってところか？」

「それが、はっきりしたことはわからずじまいでした。蔵前《くらまえ》の札差《ふださし》からは二十両ほど借りていましたが、このぐらいの借金は幕臣たるものあたりまえで、むしろ少ないほうですから」

三四郎の問いに、荷吉は重たげな口ぶりで応じた。

「となると、奥方が間夫《まぶ》でもこしらえたんやろか」

凡平がでへっと笑った。

「奥方と間夫を重ねて四つにする度胸もないよって、身内だけあの世に送ったに違いないで」

「凡平さんの見立てもないわけじゃないが……それからその夜の修羅場のなか、座敷の行灯《あんどん》が倒れて、小火《ぼや》が起きましてね」

荷吉が湿っぽい口調で続けた。

「さいわい、火事は大事に至らなかったのですが、小畑九太郎の行方も刃傷騒ぎ《にんじょうさわ》の理由も、結局わからずじまいでした。言いわけをさせてもらえば、幕張さんとわっしは検死の手伝いに呼ばれただけで、あとの詮議《せんぎ》は目付の手でおこなわれたんです」

小畑の家は当然、取り潰《つぶ》された。が、小畑の行方を探索するために、あちこちに人数を派遣するような大仕事も、結局おこなわれなかったという。

「ということで、手前の虎《とら》の子の借家のうちの一軒が、あえなく忌屋敷《いみやしき》となってしまったのです。家の中での殺人と火事。ふたつ重なってしまったらもう、忌物件としての烙印《らくいん》を押されてしまいます」

植為はやるせなさで、胸が張り裂かれそうな顔をしている。

「そうやなぁ、火事があったってだけでも験担《げんかつ》ぎな人間には嫌われるやろし、家ん中でふたりも殺《あや》められたとなると、もう極めつきの忌屋敷やで。金輪際、借り手はつかないやろね」

「違いないな。お岩《いわ》のような顔をした女が、恨めしやぁと井戸から浮いてきそうだしな」

凡平と三四郎が、こもごも軽口を並べると、植為と市右衛門はさすがに苦虫《にがむし》を嚙《か》み潰した顔をした。

「狩衣《かりぎぬ》を着せた岩倉の爺さまを、神主代わりに呼ぶか。大麻《おおぬさ》を振ってあの獰猛《どうもう》な顔でお払いをすれば、お岩のほうが逃げだすかもしれないぜ」

大麻とは榊《さかき》の枝に紙垂《しで》をつけた棒で、神主が祝詞《のりと》をとなえながら左右に振ってお払いをする。

三四郎がさらに調子に乗ってふざけると、

「三四郎さま、少しはこっちの身にもなってくれませんか」

市右衛門が嚙みついてきた。

「この空き屋敷はいわくつきだと、江戸中で読売にまで書かれました。そんな不利なありさまですが、なんとかならないかと、あたしは努力してきたんですから。ねぇ、弘善さん」

市右衛門は、黙って聞いていた弘善に相槌《あいづち》を求めた。

「さようでございます。貸し屋敷から海側の景色を見おろす光景を描いた、引札や手ぬぐいを、手前も拵《こしら》えましてね」

弘善もむきになって自分の努力を言いたてる。

「それを、曙の里の料理屋や茶屋に立ち寄ってきた人に配ったりしましたし、昼飯の弁当つきで内見会も催しました。精一杯のお披露目《ひろめ》をしたのですが……残念ながら弁当だけぱくついて、はいさようならって手合いばかりで」

努力はしたが、もう難しいのではないかという口ぶりだった。

「どうも団子はたらふく食ったが、出だしの景気づけにはならなかったな」

三四郎は胃袋の上あたりを拳《こぶし》で叩《たた》いた。

「なにはともあれ、出向いてみようぜ。贔屓目《ひいきめ》に見てやればその忌屋敷にも、意外にいいところがあるかもしれない。あばたに笑窪《えくぼ》、恋は盲目《もうもく》っていうからな」

できることなら、大家と植為の力になってやりたい気ではいた。意味は微妙に違うかもしれないが、三四郎はたとえをふたつ、口にして立ちあがった。

二幕

湯島天神の裏手から切通《きりどお》しの坂をのぼり、本郷に入った。

加賀百万石・前田家の屋敷塀が長々と続くのを右手に見ながら本郷通りを進み、追分で東に分岐《ぶんき》する道に折れた。

考えてみれば、前回の一件で駒込片町の竹細工職人・松吉のあとをつけていったのと同じ道だ。

「なるほど、風光明媚だな」

千駄木の町から見おろすと、本所・深川の町並の先に海が広がり、点々と浮かぶ千石積みの弁才船《べざいせん》の白帆《しらほ》が陽に輝いている。

ちょうど時分刻《じぶんどき》にかかってきたので、あたりに点在する茶屋や料理屋にも、遊山《ゆさん》の客が集まりはじめていた。

一同は千駄木の町屋を過ぎて、さらに北に進んだ。団子坂を越えると、小さな御家人屋敷がかたまっている界隈があり、その一郭に植為の借家が並んでいた。

「ふうん、どれもこぎれいな屋敷だな」

三四郎は素直に感心した。

三軒とも二百坪の地面に、四十坪ほどの上物がついていた。しっかりとした黒板塀に囲まれていて、用心もよさそうだ。冠木門《かぶきもん》の脇《わき》の木戸門には、がっしりとした錠前《じょうまえ》もついている。

「手前から、薬種の大店の寮、次が問題の空き屋敷、いちばん奥が旗本の妾宅、という順に並んでおります。さっそく中をご覧いただきましょう」

要領よく説明した市右衛門は、懐《ふところ》から鍵《かぎ》を取りだして、冠木門脇の潜り戸《くぐど》を開けた。

「ほう、ぶっとい閂《かんぬき》だな」

潜り戸を潜った三四郎は、また感心した。

門の左右の扉には、内側に太い横木が通してあった。

空き家になったので、家持の植為も、また管理をする市右衛門も、なおいっそう用心しているらしい。

植木屋が建てた家らしく、庭には見越しの松のほかに、楓《かえで》や蔦《つた》が巧みに配されている。もう葉は散りきっているが、紅葉の時分には楽しめたことだろう。

二重のいわくさえなければ、借り手は引く手あまただろう。三四郎はそう思った。

とはいえ、丸一年も空き家であったので、落ち葉は溜《た》まっているし、庭木の枝も手入れがされていなかった。

いっぽうで上物のほうはありきたりで、玄関、書院、居間、寝間、台所、と順繰りにまわったが、これといって特徴のある造作《ぞうさく》ではなかった。

「おや、また来てますねぇ」

最後に納戸《なんど》に足を踏み入れると、弘善が目を泳がせた。

「来てるって、なにが来てるんやろか?」

凡平がきょろきょろとあたりを見まわした。

弘善が無言のまま、植為と市右衛門に目をやると、植為が渋い顔でうなずいた。

「じつはこの上物はですね、家鳴《やな》りがするんですよ」

弘善の言に、

「や、家鳴りかいな。家守《やもり》なら縁起がいいそうやけど……」

凡平は不安そうに、壁《かべ》や天井を見まわした。

「たしかに、家が軋《きし》んでいるな。いや、軋むというより揺れている」

三四郎は植為と市右衛門を見据《みす》えた。

「建物の年が寄ってきて、柱や壁が自然に軋んでくる家鳴りとは違うようだ。こいつは、小鬼《こおに》の悪戯《いたずら》のほうの家鳴りだな」

家や家具がわけもなく揺れだす怪異《かいい》は、この人の世でときどき起きる。小鬼の妖怪《ようかい》が悪戯をしているのだと、解釈をするむきもあった。

「おっしゃるとおりです。建ててまだ二年です。寄る年波で揺れているわけではないでしょう」

「三四郎さま、つまりはこれが三つ目のいわくなのでございます」

植為と市右衛門が、口々に白状した。

「やれやれ、二度あることは三度あるというが、いわくも三つあるわけかい。もう、これっきりにしてほしいもんだが」

呆《あき》れた口調で言った三四郎は、片膝《ひざ》をついた。大きくはないが、たしかに揺れが寄せてくる。

「たしかにここは忌屋敷だな。みょうちくりんなところに来ちまった。寝そべって、珍竹亭の読本をめくっていたほうがよかったぜ」

もう一度、あたりを見まわしたが、市右衛門の目に落ち着きがないのが気にかかった。

「おい大家よ、まさか四つ目があるなんて、言わないよな」

植為と市右衛門は顔を見あわせていたが、

「ご明察でございます」

無念の表情をした植為が、観念したように発した。

「もうなにを聞いても驚かねぇから、言ってみろ」

三四郎はなかば自棄《やけ》になって迫った。

「じ、じつは……出るのでございます、化け猫が」

市右衛門が、やはり観念した面持ちで、白状した。

「ば、化け猫かい！」

突拍子もない声をあげたのは、凡平ではなく弘善だった。

「驚いたね、そこまでは聞いていないよ」

弘善は恨みがましい目を、市右衛門に向けた。

「お披露目が利《き》いて、これから住んでやろうって人間が現れたとして、化け猫に脅《おど》かされたらどうするんです。あたしのところに尻を持ちこまれることだって、あるんですよ」

「じつは空き家になった当初から、ときおり、出るのでございます」

憤然《ふんぜん》とする弘善には取りあわず、市右衛門は事情を語りだした。

「苦情は両隣の家から持ちこまれました。夜半になると、薄っ気味悪い、猫の鳴き声がして、なにやら切々《せつせつ》と訴えてくるようだと」

横で凡平が貧乏揺すりをはじめた。

「どうして化け猫だと決めてかかるんだ。そこらの野良猫が、腹をすかしているだけかもしれないいじゃないか。鰹節《かつおぶし》でも投げてやればいい」

三四郎が突き放すと、

「いえいえ、たしかに化け猫なのです。魚油《ぎよゆ》、つまり鰯《いわし》の油の臭《にお》いが、鳴き声と一緒に漂ってくるそうですから」

市右衛門は大真面目にそう口にした。

世間では、化け猫は行灯の魚油を舐《な》めにくると言われていた。

「つまりはこういうことかい」

三四郎は先手を打った。

「奥方だか女中だかが飼っていた猫が、非業《ひごう》の死を遂《と》げた飼い主の血を舐めた。それで化け猫になって、飼い主の仇《あだ》を討つべく、行灯の油を舐め、手ぐすねをひいている……」

世上に流布《るふ》する、佐賀の鍋島家《なべしまけ》の化け猫騒動の話を下敷きにまとめると、

「手ぐすねを引いているかまでは存じませんが、おおむね三四郎さまのご推察のとおりです」

市右衛門はこっくりとうなずいた。

「さ、三四郎さま、帰りまひょ。こないな化け猫屋敷に長居は無用や。茶漬け一杯で恩に着せられて、怖い目に遭《あ》わされたら間尺《ましやく》に合いまへんがな」

凡平にがっしと、袖ではなく肘《ひじ》をつかまれて引かれた。

「なぁ、大家、それに植為さんよ。詰まるところ、おまえさんたちはこの俺に、いったいなにをしてくれと望んでいるのだ」

あらためて問う三四郎に、市右衛門はたじろぎもせずに応じてきた。

「ですからこの忌屋敷につきまとう『怪異』の謎《なぞ》を解き明かし、ひいては借り主が現れるようにしていただく。当初からお願いしているとおりですよ」

隣で植為が、うんうんとうなずく。弘善のほうは、どこか白けた顔をしていた。

「しらっと言うじゃないか。謎解きのほうは、いつの間にか、まぎれこんできたお題だぜ」

三四郎が口先を尖《とが》らすと、市右衛門と植為が、揉《も》み手をしながらこくりと低頭した。

「まぁ十両やね、やなら無理にとは言わへんけど」

帰る気がなくなったらしい凡平が、手間賃の交渉をはじめた。

「十両ですか！」

植為は、う〜と唸《うな》って腕を組んだ。

「どうでしょう、凡平さん。お近くということで、明神下の神田川の鰻飯《うなぎめし》を五十回分では。もちろん、おふたりご一緒に五十回です。お酒も飲んでいただいてけっこうですし、こちらとしては大奮発でございますよ」

市右衛門が揉み手を続けながらもちかけてきた。

「神田川の鰻飯がたしか、二百文。酒と白焼きもつけて三百文で、ふたりで六百文。五十回で三万文で、三万文は……五両か」

凡平は文鎮堂で習ってきたという暗算の術で速算した。

「危なかったで、気ぃつけなあかん。半分に値切られるところやった。市右衛門さんも猫に鰹節やわ、油断できへん」

凡平はぶるぶると首を振った。

「酒と白焼きまでつけたら、四百文にはなりますよ。まぁ、それでもよろしいでしょう。おふたりには五十回分、うんと精をつけていただきましょう」

ひとり四百文だと、五十回で七両弱となる。市右衛門は間をとって折りあおうとした。

「よし、それでいこう。ただし、三四郎長屋の店賃《たなちん》は、来月と再来月はただにしてもらうぜ」

三四郎が両手を打って決め打ちすると、市右衛門はかくんとうなだれた。

「おっと、揺れは引いてきたようだ。そろそろ行くか」

三四郎は襟を合わせて、納戸を出た。

三幕

カビ臭《くさ》い納戸をあとにして庭に出たら、すこし清々《せいせい》とした。両手をあげて息を吸いこむと、鼻先に違和感があった。

「かすかに臭うな、魚油の臭いだ。化け猫は本当にいたのかな」

三四郎は庭を見まわした。

「どこか生臭い……おい、みんな、庭になにか異変がないか。手分けして目を凝《こ》らしてみてくれ」

三四郎の号令一下、六人の男たちは、百五十坪ほどの庭を歩きまわった。

「見つけたぜ」

三四郎が塀際で拾いあげたのは、魚の小骨だった。

「こっちにもありましたよ」

弘善も、拾った魚の骨を右手でかざした。

「たぶん、鰯の骨だな。ふん、ふん」

片膝をついた三四郎は、手のひらに乗せた小骨を見つめながら思案した。

「誰かが、猫の餌付《えづ》けをしていた……いや、化け猫を手なずけていたのかもしれんな」

膝についた土を払って立ちあがった三四郎は、左右の屋敷を交互に見やった。

「家鳴りがしたり、化け猫が出たりと忙《せわ》しいことだが、両隣の住人はどうなっているんだ。忌屋敷の隣人になっても、機嫌よく暮らしているのかい？」

「お隣さん方へは、手前がときおり、ご挨拶をしておりますが」

市右衛門が片方の隣家を指さしつつ口を開いた。

「薬種商の寮のほうは、空き家同然です。以前はご主人のご家族が、気晴らしに遊びにこられていたのですが、最近は気味悪がられて。でも、そこは手広い商《あきな》いをしている旦那さまですから、家賃はきちんとおさめてくださいます」

もう片方に指先を転じて続けた。

「こちらのご主人は、さすがはお旗本。家鳴りも化け猫も、ものともせず、よく使っていらっしゃいます。さっきも申しましたが、まだ五十路前ですし、ご盛んなのでしょうな」

市右衛門は品よく含み笑った。

「妾宅だったな。少し遅れて入居したとさっき聞いたが、いつごろのことだい」

「さて、もう半年ぐらいになりましょうかね」

市右衛門はなんの気なしに返してきた。

「おいおい、待ってくれ」

三四郎は呆気《あっけ》にとられた。

「半年前ってことは、奥方と女中殺しに火事が重なった、そのあとってことか」

「ということになりますねぇ」

市右衛門は動じるふうがない。

「酔狂《すいきょう》な旗本だな。わざわざ忌屋敷の隣を妾宅に定めたわけか。いったい、どういう料簡《りょうけん》なんだ。気味悪がらなかったのか？」

「そのあたりは、人それぞれなのでしょう。家賃も他の二軒よりずいぶんとお値打ちにしましたし、忌屋敷の隣というだけで、忌屋敷そのものに住むわけではありません。なんと言ってもお名前が犬養《いぬかい》さまですから、化け猫も怖くないのでしょう」

市右衛門は真面目くさった顔でそう告げた。

「犬養というのか、その助平旗本は。今日も来ているかな」

「はい、犬養四郎兵衛《しろべえ》さまです。今日もお見えかどうかはわかりませんが、ご立派なお旗本です。こちらも家賃のお支払いのほうは、しっかりしています。遅れたためしがございません」

　市右衛門にとっての人物評価は、ひとえに家賃の支払いがきれいか否かで決まるようだ。

「ふうん。で、その犬養というのは、役付きかい？」

　軽い気持ちで問うと、

「さて、存じません。歴としたお旗本ということですし、三か月ごとに前家賃で三か月分いただくことになっておりますので」

　普通、役職ぐらいは聞いておくものだろうが、市右衛門は悪びれもせずにそう返答をした。

「よし、いまから訪ねてみるか、その犬養とやらを」

　思いたった三四郎は、すたすたと木戸門の方向に歩きだした。

「お待ちください、いきなりお邪魔するのは、差しさわりがありませんかね」

　植為が泡をくって追いすがってきた。他の連中も、ぞろぞろとついてくる。

「そう思うなら、ついてこなくていいぜ」

　隣家なので、あたりまえだが近い。

「頼も〜う、頼も〜う」

三四郎は犬養家の潜り戸を、どんどんと盛大に叩いた。

留守なのか、応答はなかった。しかし三四郎には人がぞよめく声が、中から聞こえる気がした。そのまま、どんどんと叩き続けた。

「お待ちあれ」

ぱたぱたと足音が聞こえ、木戸が中から開けられた。

犬養家は、庭も屋敷も忌屋敷のそれと、おおむね同じ造りだった。

そこそこに手入れをされた庭に面した書院で、三四郎たちは犬養四郎兵衛と向かいあった。

寛《くつろ》いだ袖なし羽織を着た四郎兵衛は、

「それで、ご一同打ちそろって何事かな。家賃ならば先月、いつものように三か月分、前払いしたはずだが」

三四郎に、訝《いぶか》しそうな目を向けてきた。

「不意にお邪魔して恐縮でござる。拙者《せっしゃ》は幕臣・八瀬三四郎。幕臣といっても二十俵二人扶持《ぶち》の小普請でござる。今日はおうかがいしたいことがあって、やってまいりました」

「ほう、拙者にお訊《たず》ねの儀とは？」

「では遠慮なく、お聞きいたします。貴殿におかれては、なにが嬉《うれ》しくて、あのような忌屋敷の隣に妾宅をかまえたのですかな？」

訝しそうな顔のままの四郎兵衛に、三四郎は単刀直入に投げかけた。

「妾宅とは、不躾《ぶしつけ》でござるな」

四郎兵衛はむっとした顔をした。

「なにより、庭先からの眺望が気に入ったのでござる。それに家賃も、値頃であったのでな。隣はたしかに忌屋敷だが、あくまで隣であるからな。敷地はそこそこ広くて、隣家とは間があいておるし、さほど気にはならん」

むっとした顔のまま、そう告げた。

「さようですか。ほかにも理由はありますか？」

三四郎は重ねて問うた。

「谷中にある当家の菩提寺《ぼだいじ》にも近いし、静かで気に入ったのじゃ……というか、そのほうら……」

四郎兵衛はいよいよ機嫌が悪くなってきた。

「わしを取り調べておるのか。当家は小身《しょうしん》ではあるが旗本だぞ。御家人風情《ふぜい》に、あれこれ詰問《きつもん》される筋合いはない」

色をなして居丈高《いたけだか》にまくしたててきた。初手では鷹揚《おうよう》な素振《そぶ》りをしていたが、なにかあるとすぐに身分を盾《たて》に威張りだすのが旗本だ。

「め、めっそうもない」

市右衛門と植為が異口同音に発して、ぺこりと低頭した。

「お隣の小畑さまがあのようなことになり、以後、誰も借り手が現れません。ずっと家賃が入ってこないので、手前どもは、ほとほと困り果てております」

植為は切々と、家持としての窮状《きゅうじょう》を訴えた。

「そこに八瀬さまが、知恵をつけてくださいました。お隣を借りていただいた犬養さまに当地を選んでいただいた事訳を参考までにうかがえれば、借り手探しに窮していた袋小路から、抜けだす術策《じゅつさく》が見いだせるかもしれないと」

市右衛門も相変わらずの口巧者ぶりであった。

「そういうことか。そのほうらも困っていたのなら、無礼《ぶれい》は許してつかわそう」

偉そうな口ぶりで矛《ほこ》をおさめかけたが、

「しっかし、近頃の若い御家人は口の利き方を知らぬ。嘆《なげ》かわしいことじゃ」

横目で睨《にら》みながら、三四郎に嫌味を垂れてきた。

「おや、お客さまでしたか」

四十路《よそじ》前後と見える婦人が、廊下をつたわって書院の前に来た。

「客ではない。家持の植木屋と大家だ。もう話は終わったから、茶も菓子もいらんぞ」

不機嫌は直りきっていなかったらしく、小憎らしいことを発した。あからさまに、早く帰れと急《せ》かしてきている。

「お部屋さまでございますかな？」

妾《めかけ》か、とも聞けないので、三四郎は言葉を選んで訊ねた。

「そんなようなものだ」

婦人ではなく、四郎兵衛がそう返してきた。

「さぁ、今日のところは退散してくれ。これから碁仇《ごがたき》が来ることになっておる」

四郎兵衛はしっしっと、手でも振りそうだった。

「最後にひとつ」

三四郎は粘り腰で発した。

「犬養殿は、どのようなお役に就いておられるのかな。ぜひとも教えていただきたい」

「そのほう、最後まで不躾じゃな」

相当にご立腹らしく、膝頭が震えだした。

「わしはな、ここには日頃のお役目のことは忘れ、寛ぐために来ておるのだ。役目を尋ねるなど無粋《ぶすい》だと、どうしてわからぬ」

とうとう、しっしっと手で追い払われた。


一行はとりあえず、空き屋敷の玄関先で立ち話をした。

「困りますですよ、三四郎さま。犬養さまが本気でご立腹し、屋敷から出て家賃が入らなくなったら、どうしてくれるのです」

市右衛門が悲鳴に似た声をあげた。

「犬養さまのお役職など、どうでもよいではありませんか」

「いや、そうでもないかもしれないぜ」

三四郎は、ふんと鼻を鳴らした。

「お江戸には借家も貸し屋敷も五万とある。わざわざ、すこぶるつきの忌屋敷の隣に陣取らなくったっていい。安くて景色のいい空き家なら、三日も探せばほかでも見つかるはずだ。あの犬養ってのは、やはり変だぜ」

「わても、そう思います。あのおっさん、変やわ」

ずっと沈黙《ちんもく》していた凡平が、しゃべりだした。

「あのお部屋さまを、見ましたかいな。四十路をまわったご老女さまみたいな貫禄やった。なにが嬉しゅうて、あんな婆《ばあ》さんを妾宅に置くんかな」

世間では二十五を過ぎたら中年増《ちゅうどしま》、三十過ぎたら大年増ということになっている。

「いや、それは好みだからさ」

こちらもずっと無言でいた弘善が口を入れてきた。

「あのくらいの姥桜《うばざくら》がいいって、ご仁《じん》もいるんです。とくに遊び慣れた『通《つう》』のなかには、ほどよく枯れたぐらいが、独特の風情があっていいって口も多いらしいですよ」

この手の談義は好物らしく、弘善は目を輝かせた。

「とりとめがない。行こう」

三四郎は一同をうながして、門に向かって歩きはじめた。

「さて、とりあえず長屋に帰って、珍竹亭でも読んで笑いまひょ」

凡平が潜り戸を勢いよく開けると、

「うわっ！」

外から中をのぞきこんでいたらしい老人が、どすんと尻餅《しりもち》をついた。

「りょ、慮外者《りよがいもの》め、なにをいたす」

六十路《むそじ》近い、小柄で痩《や》せた老武士であった。腰を打ったらしく、苦悶《くもん》の表情を浮かべている。

「大丈夫かな、ご老人」

三四郎は抱きかかえるようにして助け起こした。

「大丈夫じゃ。仰天《ぎようてん》しただけで、腰を強く打ったわけではない」

老武士は持っていた袋杖《ふくろづえ》を地面に置き、両手で腰をさすりながら深呼吸をした。

「お殿さまは、この空き家にご用でございましたかな」

市右衛門は目敏《めざと》く、この老武士を旗本と見てとって、丁寧に問いかけた。旗本ならば、一応はお殿さまである。

俗に、旗本訛《なま》りと袋杖、という。

供の者に袋に入れた杖を持たせて歩き、物言いに品のよさがあるのが旗本であった。もっともこの老武士は供を連れずに、自分で袋杖を携《たずさ》えていたが。

「いや、用というほどのことはないが、ここに来ると往時《おうじ》が思いだされる。ここは、わしの添役をしておった者の屋敷であったのじゃ。それでときおり、あの男を偲《しの》びにくる」

「するってぇと、お殿さまは、江戸城のお花畑奉行さまでございますかい」

　ずっと黙っていた荷吉が目を丸くして聞くと、

「うむ、この春まではそうであった。わしは前の吹上奉行で松木伴内《まつきばんない》と申す。小畑九太郎は、わしの添役であった。あのようなことが起こる前はな」

　松木伴内は遠くを見る目をした。

「お殿さま、立ち話もなんでございますから、どうぞ中へ。手前はここの家持で、植木屋の為五郎と申します」

　江戸城の仕事を斡旋してもらう下心があるわけではなかろうが、植為は腰をかがめて伴内を潜り戸の中に招き入れた。

　一同はさっきまで雑談をしていた玄関先に戻り、伴内を玄関の上がり框《かまち》に座らせた。

「お殿さまは、小畑さまとはお親しかったのでございますか？」

市右衛門がまず問うと、

「よく小言を申した。あの九太郎という男は、生活に締まりというものがない。女房の手綱《たづな》ひとつ握れず、札差への借財は増すばかり。それで一度、強く諫言《かんげん》したのだが……あのようなことになってしまった」

伴内は目を瞬《しばた》かせた。

「女房と女中だけ死に追いやって、自分は死にきれぬとは見さげ果てた奴。じゃが、いざ失ってみると、あれはあれで小律儀なところもあったし、悪い男ではなかった」

「ささ、粗茶やけど、どうぞおひとつ」

凡平が湯気の立つ茶碗を勧めた。臆面《おくめん》もなく犬養家に行って、お部屋さまに頼んで淹《い》れてもらってきたのだろう。

「うむ、美味《うま》いの」

伴内はずずっとすすって、ひと息ついた。

「さきほどから、往時が思いだされるとか、失ってみるととか、まるで小畑九太郎はもうこの世にいないように仰《おお》せだが、消息を聞いているのですか？」

三四郎が目を向けると、

「そのほう、武士の身形《みなり》をしておるが、目付の手先ではあるまいの」

伴内は険《けわ》しい目で睨んできた。

「俺ですか。見てのとおりの小普請の御家人風情で、目をつけるより、つけられるって口の人間です」

「そうか、ならばよい。九太郎は不行状のあげく逐電したので、ひょっとして、まだ探索が続いているのかと思ったのじゃ。いや、じつはの……」

伴内は茶を飲み干して、語りついだ。

「この屋敷から行方をくらまして、数日後の夜、あれが我が屋敷を訪ねてきたのじゃ。それで申すには、金もないし、もうどうしてよいかわからない。なんとかしてくだされ、お奉行……と」

一同はじっと伴内の口元を見つめている。

「わしは、ぱんぱんと九太郎の頬《ほお》を張って活を入れてやった。それでわしの脇差《わきざし》と末期《まつご》の酒の酒代を、その場で与えた。すぐに菩提寺に行き、先祖の墓の前にぬかずいて、腹ではなく首を掻き切れ、それならば死ねると教えた」

凡平が急須《きゅうす》から、冷めた茶を足した。伴内は荒い息を吐きながら、一気に飲み干した。

「谷中の善明寺《ぜんめいじ》というのが菩提寺なのだが、騒ぎがあったという話は聞かん。どうせ逃げたのだろうが、もうこの世にはおるまい。わしのところに来たときから、もう目は死んでおったからな。いまは冥福《めいふく》を祈るばかりじゃ」

伴内はしんみりと言うと、瞑目《めいもく》した。

「さて、せっかく来たのじゃ、あれが生前、どんな暮らしをしていたか見てみるかの。誰ぞ案内をしてくれんか」

「はい、では家持である手前がご案内をいたしますが……」

植為は戸惑う目をした。

「酔狂だと考えておるのじゃろう。じつは、春先に隠居した。屋敷に戻っても、倅《せがれ》の嫁に気を遣うばかりで、ちっとも楽しゅうない。ぶらぶらして、ゆっくり帰りたいのじゃ」

「そういうことでしたら、すぐにでもご案内申しあげます」

植為は腰をかがめて、手で差し招いた。

「ときにこの屋敷には、いろいろと怪異が起きると側聞《そくぶん》しておるが」

腰をあげた伴内は一同を見まわした。

「暇になると物見高くなってくる。そのほうら、なにか聞いておるか？　こうしていても家鳴りなどはなく、化け猫も夜にならないと現れないであろうが」

けっこう真剣な眼差しであった。

「家鳴りはさっきまでしていましたよ。化け猫のほうは、近所の野良猫が庭で遊んでたぐらいの話で、たわいもない噂です」

そう返しつつ、三四郎は伴内の皺《しわ》ばんだ瞳の奥に、油断ならないものを感じていた。


一同はそこでふた手に分かれた。

植為と弘善は、伴内の案内のために空き屋敷に残った。

荷吉、凡平、市右衛門の三人は、三四郎と一緒に、湯島に戻ることになった。

「親分、どう思う、あの伴内って殿さん」

歩きながら水を向けると、

「へい、なにか探っていますね」

荷吉は言下にそう応じた。

「隣家の犬養四郎兵衛と、空き家をのぞきこんでいた松木伴内。親分はどっちがより怪しい奴だと思う？」

「まぁ、どっちもどっちですが、差しあたっては犬養四郎兵衛でしょうか。三四郎さまのお見立てのとおりで、歴とした旗本がわざわざ忌屋敷の隣を別宅にするってのは、尋常《じんじょう》じゃありませんぜ」

「よし、ならば」

三四郎はすばやく手配りを決めた。

「親分は犬養の本宅に張りこんでくれ。ここは妾宅だから、今夜にでも本宅に帰るはずだ」

「おっと、合点承知助《がってんしょうちのすけ》」

荷吉は素十手で、手のひらを叩いた。

旗本はいついかなるときでも非常の招集に応じれるよう、夜は居屋敷で寝《やす》まなければならない。外泊は禁止で、妾宅に寄っても、用を足すと本宅に帰るものなのだ。

「俺と凡平は引き返して、松木伴内をつけてみる。ただの楽隠居かどうか、見極めてやる」

三四郎はにやっと笑った。

「あたしはどうすればいいんです」

市右衛門は、鼻先に自分の人差し指をあてた。

「大家は明神下の神田川に、鰻飯を人数分、頼んでおいてくれ。酒の肴《さかな》にする白焼きもな。晩飯の時分に大家の家に集まって、皆で種を割りあうことにする」

「へへ、今夜の分は、ことがなった暁《あかつき》の、五十回分とは別勘定でっせ。わかってるやろね」

凡平が入念に念を押した。

四幕

市右衛門の住まいは、妻慈町の三四郎長屋の長屋木戸を抜けて、すぐ横の表店《おもてだな》にあった。

二階は娘夫婦にやらせている紙屋で、二階が住まいだが、夕刻からぷ〜んと甘辛《あまから》い香りがたちこめていた。

「いや、びっくり仰天しましたぜ」

少し遅れて二階にあがってきた荷吉は、座りこむなりまくしたてた。

「あの犬養ってのは、たしかに二百俵取りの小旗本でした。それもけっこう美味《おい》しい役に就いていて、浜御殿添奉行《はまごてんそえぶぎよう》でしたぜ」

浜御殿奉行とは、将軍家の別邸である芝《しば》の浜御殿とその庭を管理する役で、四郎兵衛は奉行の補佐役ということだった。

「美味しいって、この神田川の鰻飯より、味がいいってことやろか?」

夢中で掻っ食らいながら聞いてくる凡平に、

「ああ、将軍家とその家族、それに大奥《おおおく》のお女中などが気晴らしにいく場所だからな。『大儀じゃのう』と、ご老女さまなんかが、『これを奥方につかわせ』と、高価な櫛《くし》や笄《こうがい》なんぞの金目のものを、気安く下賜《かし》してくださるそうだ」

吸い物の蓋《ふた》で飲《や》りながら、荷吉が答えた。

「それから役職のことよりも、もっと極めつきにびっくりなことがありますぜ」

実直な荷吉にしては、前ぶりが大仰《おおぎよう》だった。

「驚いた本命は、奥方です……なんと、千駄木の屋敷にいたあのお部屋さまが、なんと奥方だったんです」

なんと、を連発する荷吉に、

「つまり奥方が妾を兼ねていた……というか、四郎兵衛は妾など囲っていなかったってことか」

三四郎もさすがに目を見張った。

「まさに、そのとおりなんです」

鰻飯の蓋を開けながら、荷吉はこくりとうなずいた。

四郎兵衛の本宅は御徒町《おかちまち》にあった。

千駄木から四郎兵衛と妾のあとをつけていった荷吉は、屋敷に入っていくふたりの姿を見届けると、たまたま入れ違いに出てきた八百屋の小僧に、あの人は妾だよなと確認した。

すると、『いえいえ、あのお方が奥さまです』と、小僧は明言したという。

「よほどの愛妻家なんですかね。古女房のために妾宅と称して別邸を借り、亭主と女房じゃなくて、主人と妾という設定にして、趣向を変えて盛りあがろうってことでしょうか」

荷吉は四郎兵衛夫婦の気持ちを推《お》しはかろうとするが、三四郎にはどうもぴんとこなかった。

「つまりは、やはりなにか意図があって、わざわざ忌屋敷の隣を借りることにした。そういうことでしょうよ」

市右衛門がしごくまともな推察を口にした。

「まぁ、双子《ふたご》の姉を正妻にして、妹を妾にするってことも、まったくないわけじゃないでしょうが……苦しいですよね」

蒲焼《かばやき》を嚙みながら、荷吉は苦笑いした。

「俺のほうは、松木伴内の屋敷を確かめてきた。伝通院《でんづういん》そばの小石川・三百坂《さんびゃくざか》の途中にあったが、ありきたりの小旗本の屋敷だったぜ」

早い間合いで杯を干しつつ、三四郎は語った。

「凡平と一緒に近所を聞きこんでみた。自分で言っていたとおりの隠居で、ひがな一日、縁側で猫を抱いて日向《ひなた》ぼっこしているらしい。といって、しごく呑気《のんき》な楽隠居というわけでもないようだぜ」

三四郎は口元をゆるめた。

「出入りの酒屋の親仁《おやじ》が口が軽くてな。四斗樽《しとだる》の薦被《こもかぶ》りを買ってやったら、ぺらぺらしゃべってくれた。伴内は倅を勘定方のいい役に就けようとして、相当に無理をしているという話だ」

鰻の白焼きを口にしつつ続けた。

「あの空き屋敷と同じくらい、庭は荒れているようだぜ。あちこちに賂《まいない》を配るのに手いっぱいで、庭の手入れどこじゃないのだろうな」

「へへ、四斗樽は三四郎長屋に届きますが、書出《かきだし》は市右衛門さんのところにまわりますぜ」

凡平がてへっと笑った。書出とは請求書のことだ。

「これで借り手が見つからなければ、あたしの持ちだしもいいところですが」

市右衛門は、情けない面付《つらつ》きで続けた。

「三四郎さま、犬養四郎兵衛と松木伴内、このおふたりの線はどこかで交わりませんですかね？」

「俺もずっとそこを考えているのだが……」

三四郎は顎《あご》を掻いて思案した。

「浜御殿添奉行とお花畑奉行。役目は似ているよな。江戸城の中と外の違いはあるが、どっちも将軍が息抜きに行くところで、その世話掛かりだ。さてふたりにどういう接点があったものか……あるいは犬養と小畑に接点があったのか」

続けざまに杯を干したが、頭がかっかとするばかりで、なにもひらめいてはこなかった。

「しかたない。明日からは四郎兵衛の本宅と妾宅、それに伴内の屋敷の三か所に、人を張りつけよう。案外、ご両所のほうで勝手に交わってくれるかもしれない」

「そうしましょう。三人のことも、もう少し深く探《あなぐ》ってみます」

荷吉は挑《いど》むような目つきで請《う》けあった。


その翌日、三四郎と凡平は植為から鍵を借り、ふたたび忌屋敷の中に足を踏み入れた。

「あれが女中が身を投げた井戸かいな」

昨日は目にとめなかったが、庭の隅《すみ》に古びて朽《く》ちたような古井戸があった。おそらくは、植為がここに貸し家を建てる前からあった井戸だろう。

「まさか、出ないやろね」

怖いもの見たさも手伝っているのだろう。凡平はひょこひょこと、古井戸に近づいていった。

「今日も揺れているな。家鳴りだけでなく、庭鳴りもしやがる」

建屋の中でなく、庭先に立っていても、かすかな地揺れを感じた。

「一応は手を合わしとかんとね」

凡平は、井戸の底をのぞきこみながら合掌《がっしょう》した、その途端、

「う、うわぁ！」

いきなり悲鳴をあげて数歩、後ずさった。

「どうした」

三四郎が駆け寄ると、凡平は睫毛《まつげ》やおでこから、滴《しずく》を垂らしていた。

「もう、かなわんな〜。いきなりや、いきなり水が吹きあがってきたんですわ」

泥水を浴びた凡平は、ぶるぶると顔を振った。

「祟《たた》りや。死んだ女中の祟りや。ここはほんまもんの忌屋敷やで」

がくがくと震えながら喚《わめ》く凡平は放っておいて、三四郎は自分も井戸をのぞきこんでみた。

側壁として、樽のような桶井筒《おけいづつ》が何段かにわたって埋めこまれている、ありきたりの古井戸だった。

水は溜まっているが噴きあげてくる気配はなく、泥くさい臭いが漂ってくるだけだった。

「どうしたんやろ。底で鯰《なまず》でも暴れたんやろか」

手ぬぐいで顔を拭《ふ》きながら、凡平はため息をついた。

「鯰は地震《ない》は起こすが、水を噴きあげたりはしないだろう」

三四郎は天を仰《あお》いだ。

「いったい、いくつ目の怪だ……この屋敷には、魔物でも取り憑《つ》いていやがるのかな」


今日は厄日《やくび》だ。凡平の願いをいれて、早々に退散することにした。

潜り戸を押し開けようとしたら、「しっ」と押し殺した声がした。

「親分か」

潜り戸から半身を出すと、荷吉が門扉《もんぴ》に背をつけ、隣家に目線を投げていた。

「たったいま、犬養屋敷から、ぞろぞろ人足《にんそく》たちが出ていったところです」

なるほど、五、六人の半纏《はんてん》を着た職人風の背が遠ざかっていくのが、遠目に見えた。

一団から少し遅れて、荷吉の手下がふたり、道の左右に分かれてつけていく。

「連中はどうも大工じゃないようです。左官《さかん》か、もしかしたら井戸掘り職人かもしれない。皆、厚手の地下足袋《じかたび》を履《は》いていましたから」

地面を掘っていくと、地下水のせいで滑りやすい。そんな場所で作業をするのに適しているのが、足袋《たび》や草鞋《わらじ》だ。

「どんな奴らで、どこに向かったのか、おっつけ報告が入りますぜ」

「穴蔵屋かもしれないな。浜御殿添奉行ってのは、けっこう貯めこめる役なのだろう」

武家でも商家でも、地下に穴蔵を掘って、金銀や大事な家財をしまっておく家は多い。盗難除《よ》けと火事除けのためにである。

「ところで親分は、俺たちを探してこっちに来たのかい？」

「そうなんです。じつはさっきまで、幕張の旦那の屋敷におりましてね。今回の一件のご報告がてら、旦那に頼み事をしてきました」

「章介にか……おっと、親分」

三四郎は声をひそめた。

「またひとり、出てきたぞ」

四十がらみの恰幅《かっぷく》のいい男が、犬養屋敷の潜り戸から現れた。

門の前に立つと油断なく左右に目を配り、藍微塵《あいみじん》の羽織の襟を合わせて、団子坂のほうに足を向けた。

「半纏《はんてん》じゃなくて、羽織を着ていやがる。さっきの職人たちの親方か頭株《かしらかぶ》のように見えますね」

「そう見えるな。よし、親分。あの親方風をつけてみようぜ」

「えっ、三人で、ですかい。目立ちませんかね」

荷吉は面食らった顔をした。

「なら、凡平はここで張り番をしていてくれ」

そう言い残し、巻き羽織した三四郎は、大股《おおまた》で歩きだした。


親方風は団子坂をくだると藍染川《あいぞめがわ》に沿って南に進み、右手に根津権現の杜《もり》が見えてくると、右に折れた。

すぐに根津権現の参道にぶつかった。参道の左右が門前町で、いわゆる根津の岡場所だ。遊女屋がずらりと並んでいる。

荷吉が耳元まで寄ってきてささやいた。

「目当ては妓《おんな》でしょうね。根津の岡場所で大見世《おおみせ》といえば、中田屋《なかだや》、若竹屋《わかたけや》、木村屋《きむらや》あたりですが」

縄張り内だけにくわしい。

「あれ、増田屋《ましたや》に入りやがった。一番株の大見世ですぜ」

荷吉はうらやましそうに、ぱちんと指を鳴らした。

「三四郎さまは上方生まれだから、ご存じないかもしれませんが、江戸の岡場所番付では、深川を大別格とすれば、根津と音羽が両大関です」

えへん、と咳払《せきばら》いして荷吉は続けた。

「わっしが言いたいのは、そんな根津のいちばんの見世ですから、いくら親方とはいえ、井戸掘り職人風情が遊ぶには場違いだってことです」

「つまりは、犬養屋敷で、ずいぶんと実入りのいい仕事にありついていたってことだな」

三四郎は片頬をゆがめて笑った。

「わっしもそう思います」

荷吉もにたりと笑った。

「では三四郎さま、あとはおまかせください。お茶の子さいさいで、あの男の正体はつきとめておきますから」

頼もしく請けあってくれた荷吉に甘え、三四郎は引きあげることにした。

五幕

その夜半、九重で長い晩酌《ばんしゃく》をしていた三四郎と凡平のところに、荷吉が戻ってきた。

「いやぁ、遅くなりました」

駆けつけに一杯干して、荷吉は続けた。

「根津の境内《けいだい》で三四郎さまと別れてから、いろいろとありましてね。わっしはあの親方が、増田屋で用を足し終えて出てくるのを待つつもりで、夕方までそのあたりで突っ立っていたんです」

三四郎は二杯目を注《つ》いでやった。

「そうしたら、参道で手下のふたりに行きあったんです。立ち話もなんなんで、もう暗くなってきていましたし、その辺の煮売り酒屋に入って話を聞こうということになりました」

手下たちの話では、先に犬養屋敷を出ていった職人たちも、やはり根津権現の参道に来たということだ。それでぞろぞろと、一膳飯屋に入ったという。

「遊女屋に出陣前の腹ごしらえに寄ったのでしょう。手下のふたりも同じ店に入り、適当に飲み食いしながら、連中の様子をうかがっていたわけです」

やがて一膳飯屋を出た職人たちは、ふた手に分かれた。三人は飯と酒で景気づけして、遊女屋にあがった。ふたりはそのまま家路についたという。

「手下のふたりは、真面目なほうのふたりのあとをつけました。それぞれねぐらである長屋に帰ったんで、近所の連中に聞きこんだ。そうしたらふたりとも、桶《おけ》職人のようなんです」

荷吉は二杯目を干して語りついだ。

「長屋木戸に『桶八《おけはち》』なんて看板を出しているし、鉋《かんな》がいくつも入った道具箱を持ち歩いているといいますから」

「そうか……」

空き屋敷の古井戸をのぞきこんだときに目にした、桶井筒が目に浮かんだ。

「桶職人なら、井戸に埋めこむ桶井筒も作れるよな」

「へい、それこそお茶の子さいさいでしょうね」

かすかにだが、つながってきた。

「三四郎さま、話はこれからなんです」

三杯目に口をつけながら荷吉は言った。

「増田屋に入った親方風の男のことを忘れてたわけじゃありませんが、つい手下たちと杯を重ねて、長尻《なかつちり》になっている間にですね」

荷吉はそこから、幾分、伏し目がちになった。

「外が騒がしくなってきたと思ったら、権現の参道は上を下にの大騒ぎになっちまった。わっしらも急《せ》きたてられるように店を出たんですが……」

なんとその桶職人たちの親方と思《おぼ》しき男が、権現境内の乙女稲荷《いなり》横の植えこみの中で、殺されていたのだという。

「まだほっかほかって感じの、できたての屍体《おろく》でした。植えこみで小便をしようとしていたのか、褌《ふんどし》から逸物《いちもつ》を出したまま、こと切れていました」

すぐに幕張章介が検死に駆けつけてきた。

「旦那の鑑定では、仏は首を小柄《こづか》のようなもので、ぐさりと貫通《かんつう》されていると。それから旦那が口にしたのはそれだけじゃなくってね」

杯を置いた荷吉は、口もとを手でぬぐった。

「どこかで見たことがある男だというんです。たぶん、幕臣だろうと」

「よしよし。とにかく、いろいろとつながってきそうだな」

三四郎はにやっと笑った。

「旦那は小首を傾げて思いだそうとしていましたが、急には出てこなかったようです。ああ、それと……」

仲居が用意してくれた飯と菜に箸《はし》をつけながら、荷吉はしゃべり続けた。

「空き屋敷の主《あるじ》だった小畑九太郎と、隣に越してきた犬養四郎兵衛。このふたりがつながりそうなんです」

　荷吉は淡々と語り継いだ。

「ふたりは同い年でした。ほら、今朝方、幕張の旦那に頼み事をしたって言いましたよね。旦那はさっそく動いて、検死の合間に耳打ちしてくれたんです」

　松木と犬養、それに小畑。三者の間になにか接点はないか。

　荷吉の依頼に、章介はすぐさま上司である北町奉行・榊原主計頭に面会を求め、教えを請《こ》うてくれたのだという。

　榊原は三十二歳で、小姓組《こしょうぐみ》の番士《ばんし》になって以来、三十四年の官歴を誇《ほこ》る幕閣と幕臣の生き字引であった。

「寛政《かんせい》から文化《ぶんか》年間にかけて、下谷・三味線堀《しゃみせんぼり》の佐竹侯《さたけこう》のお屋敷のそばに、猪熊《いのくま》寒州《かんしゅう》てぇ儒学者《じゅがくしゃ》がいたそうです」

　博覧強記《はくらんきょうき》の榊原は、そんなかなり昔の、町場の学者のことまで覚えていた。

「名前はなんだかおっかねぇが、教え方は優しい。近所の御家人や小旗本の子弟《してい》はたいてい、猪熊先生のところで学問を教わっていたんで、あのふたりも同じ学窓《がくそう》を巣立ったのではないか……というお奉行のお見立てだったそうです」

小畑は練塀小路で、犬養は御徒町。どちらも三味線堀からは、ごく近い。

「同い年ですしね。やっぱり、なにかつながってそうですぜ」

荷吉はそこまでしゃべり終えると、あとはかっかっかっと箸を使って、腹に飯を詰めこんだ。


翌朝、奉行所の小者《こもの》が章介の使いとしてきた。今日の昼間、会いたいという。なら時分刻に、明神下の神田川に来るようにと言《こと》づけた。

昼前に凡平と長屋を出て、妻慈坂をくだりだすと、明神下のほうからのぼってくる、風呂敷包みを抱えた初老の商人が目にとまった。

「おい凡平、似てないか。花畑奉行の松木伴内に」

「せやね、似とるわ。潜り戸の前で尻餅をついた、あの爺さまに」

坂の途中で右に折れた商人の背を、ふたりは追った。

商人はさっさ、さっさと歩いて湯島門前町に入り、間口のせまい表店の暖簾を額で分けた。

「びっくりやね、弘善の店でっせ」

凡平は目を丸くした。

「まったくだが、とにかく俺たちも行ってみるしかない」

店の中で騒動になるかもしれない。そう覚悟をして、暖簾を手で分けようとした途端、鮫小紋《さめこもん》の羽織を着た伴内に似た男が、ぬっと顔を出した。

「これは、とんだ失礼を」

やわらかく詫《わ》びて、男は立ち去っていった。

「ちっきしょう、章介と約束しなければ、つけまわしてやるのだが」

小声で舌打ちした三四郎だが、件《くだん》の商人の素性《すじよう》なら弘善からでも聞けそうだった。

「いま出ていった商人だが、何者だい？　お花畑奉行だったあの爺さんに、そっくりじゃないか」

店に入り帳場にいた弘善に急きこんで聞くと、

「ああ、似ていますよね。手前も件《くだん》の空き屋敷の前で、あのお旗本を見たときは、ぎくっとしましたが」

弘善は平然とした顔で続けた。

「でもお旗本は、お花畑奉行だったとおっしゃる。それでよく見てみたら、やはり談林堂《だんりんどう》さんとは別人でしたよ」

「談林堂というのか、さっきの商人は」

「はい、談林堂・喜平次《きへいじ》さん。珍竹亭先生の禿紫助平源氏の版元さんです」

「え、珍竹亭の！」

三四郎と凡平は異口同音に、素《す》っ頓狂《とんきょう》な声をあげた。

「さようです。近々、禿紫の新刊が出るので、引札を作ったからと届けていただいたのです。このあたりでの禿紫のお披露目は、初刊が出たときから、この弘善がまかされているんです」

それで引札を、矢場《やば》に遊びにきている連中に配ったり、湯屋の二階の壁に貼ったりするのだという。弘善はちょっと得意そうだった。

「要は、さっきの商人と松木伴内は、別人なのだな？」

三四郎が念を押すと、

「別人です。かなり似てはいますがね。松木伴内さまは小柄で痩身《そうしん》ですが、談林堂さんは中背で、もうすこしふっくらしているでしょう」

言われてみれば、そのとおりだった。


明神下の神田川では、先着していた章介と荷吉が、奥の小上がりの座敷で茶をいるのか」
「おい、三四郎。おまえたちはいつもこんな贅沢《ぜいたく》な場所で、打ちあわせをして
飲んでいた。
　さっそく嫌味をかましてきた章介に、
「あったりまえだ。俺は百人分の鰻切手を手にしたのだからな」
　世間には酒切手も寿司《すし》切手もある。贈答《ぞうとう》などに使われる商品券のことだ。
「三四郎さま、あんまり期待しないほうがいいですよ。一件落着にはなっても、
借り手がつくかどうか、知れたもんじゃありませんから」
　荷吉が手短に事情を説明すると、章介は鼻先で笑った。
「昨日、根津で殺められたのは、元幕臣で田崎弥次郎《たざきやじろう》という男だ。大きな桶屋の
倅でな。その桶屋は左官仕事、とくに水止めの壁張り床張りも得意としていた。
要するに、井戸掘り屋だな」
　屍体の顔が誰だったか思いだしたらしい。飯台に鰻飯が並べられたが、章介は
そのましゃべり続けた。
「弥次郎は親にねだって普請役の御家人株を買ってもらい、幕臣になっていた」
　ややこしいが、小普請組は無役で仕事がなくぶらぶらしているが、『小』がと

れた普請役は仕事がある。

江戸城の石垣の修理や、橋の修繕などの水まわりの工事が多く、田崎には手慣れた仕事だったはずだ。

「ところが請負業者《うけおい》から賂を取りすぎて、訴えられた。その詮議のときに、私も賂を贈った商人の側の探索を手伝ったことがあった。そのときに、奴の顔も見たんだ」

なんにしても田崎弥次郎というのは、碌《ろく》な男ではなかったようだ。

「それで奴は御家人株を召しあげられたのだが、商人としてまた公儀の仕事に就いた。浜御殿の庭方としてな」

章介は苦く笑った。

「あそこは水まわりの仕事が多いというのが、一度しくじった奴を雇いなおした理由だろうが……要は拾ってもらったのだ、添奉行の犬養四郎兵衛にな」

たしかに浜御殿の庭は、汐入《しおい》りの庭だった。江戸前の海から海水を引き入れて庭の景観に変化をつけている。

ともかく、線と線が縦横《じゅうおう》につながってきた。

「おもしろい話を聞かせてくれたな、すっごく参考になったぜ。さぁ、遠慮せず食ってくれ」

強く勧めると、章介はようやく、鰻飯のお重の蓋を取った。

「ここから先は榊原奉行から、今朝、聞いた話だ」

美味いな、とつぶやきながら、章介は続けた。

「お奉行は七十路《ななそじ》近い。頭はしゃきっとしているが、記憶を呼び起こすのに、いささか時間がかかる。それで今朝になって、いろいろと思いだしてくれた」

それから章介の口をついて出てきたのは、三四郎と凡平にとって、まさに意外や意外。脳みそを震撼《しんかん》させるような展開であった。

六幕

旗本と御家人をあわせて、幕臣の頭数は二万二千か三千。

これだけいれば、なかには変わり者もいる。

幕臣でありながら、お役目そっちのけで戯作にうつつをぬかす連中は、その変わり者のなかでも最たるものだった。

彼奴《きゃつ》らめに一度、きつ〜いお灸を据えねばならん。

そうした考えを持つお偉方は、幕閣にもあまたいる。

それで目付に命じて調査を進め、そうした不心得者の名を列挙した一覧が作られることになった。

俎上《そじょう》に乗せられたのは、二百俵取りの旗本でありながら、偐紫田舎源氏で一世を風靡《ふうび》しつつある柳亭種彦こと、高屋彦四郎《ひこしろう》。

人情本が人気の、鼻山人《はなさんじん》こと麻布三軒町《あざぶさんげんちょう》の御家人・細川浪次郎《ほそかわなみじろう》。

ほかにも幾人か、名があがっていたが、そのなかにお花畑添奉行であった珍竹亭・畠鼻刑部こと、小畑九太郎の名があった。

小畑は戯作をはじめてまだ日は浅いが、読本《よみほん》の禿紫助平源氏が、いきなり羽も生えたように、飛ぶように馬鹿売れして版を重ねていた。

江戸だけでなく、上方や西国でも大人気となっている。

『これらの不心得者らは、謹慎《きんしん》のうえ、隠居させてはどうか』

そんな意見が大勢を占《し》めるなか、温厚な老中・大久保加賀守が、とりあえずは譴責《けんせき》するだけでよかろうと、穏便《おんびん》な処置をとなえ、老中首座である青山下野守が同調した。

それで公儀としての処分は、上司からの叱責《しっせき》と始末書の提出に決まった。

「あの小畑九太郎が、かの珍竹亭だったとはな」

三四郎はさすがに驚いた。

仰天すると同時に、筆名の由来に気づいて、その安易さにも呆れた。畠鼻刑部を逆さに読むと、花畑奉行だ。

「あっしもひたすらびっくらこきましたが、小畑九太郎にかぎっては、ありきたりのお叱《しか》りと始末書だけでは、済まなかったようでしてね」

そこから荷吉が、章介の言を補《おぎな》った。

『小畑は格別にふしだらで不埒《ふらち》でござる。あからさまに将軍家を揶揄《やゆ》いたすとは、幕臣にあるまじき不忠じゃ』

幕閣にはそう憤《いきどお》る者が多くいて、おさまらなかったのだという。

将軍家斉を模した主人公は、禿で精力が絶倫《ぜつりん》だと、生々しい描写《びょうしゃ》をしているのだから無理もない。禿は強いというのが、世間の俗説である。

それで小畑には、上司である松木伴内だけでなく目付も同席して強く叱責し、過料《かりょう》として二十両を召しあげることになった。

さすがに恥辱《ちじょく》であったのだろう。小畑は乱心し、妻女を巻きぞえにして自決をはかったが、死にきれず、おめおめと生き延びて失踪《しっそう》した。

「章介と榊原奉行のおかげだ。解けてきたぜ」

章介と荷吉の話を聞き終えた三四郎は、にかっと笑った。線と線は、おおむねつながってきた。

いくつかの箇所を推量でつないでいけば、一部始終の絵柄を思い描くことができそうだった。

「戯作をはじめた小畑は、筆一本で瞬《また》く間に巨富《きょふ》を得た。しかし好事魔《こうじま》多しってやつで、公儀のうるさがたに目をつけられ、それで狂言自決を思いいたった。上司である松木伴内と、版元の談林堂の入れ知恵だったのかもしれんがな」

言葉にして一同に聞かせつつ、絵柄を描き加えていく。

「小畑の女房は悪妻だったのかもしれないな。あるいは、しがない小旗本の家がにわかに金満となり、人が変わったのかもしれん。仔細はわからんが、とにかくこの際、ついでに女房を殺めてしまおうと企んだ」

酒で舌を湿らせつつ、語りついだ。

「自分は死にきれずに生き恥をさらして逃げる、という筋立てを考えたが、肝心の金は持ちだせなかった。女中が騒いで行灯を倒したかして、火事になってしまったからだ。大騒ぎとなり、人がすぐに駆けつけてくると思って、小畑は手ぶらで逃げだしたんだ」

「ちょっと、待っとくれやす」

凡平が口をはさんだ。

「禿紫の新刊は、いまも続々出版されとる。珍竹亭こと小畑九太郎は、逃げたあとも、どっかで書いとるってことやろね？」

「ああ、松木伴内の屋敷か、版元の談林堂のところだろうな。おそらくは伴内のほうだ。武家の屋敷のほうが広くて、長い時間、隠れていやすいからな」

そもそも、小畑九太郎に戯作者になれと勧めたのは、上司の伴内ではなかったか。それで版元には、談林堂を勧めた。談林堂喜平次は、伴内の双子の弟に違いない。

それらの確信に近い推量を一同に伝えると、皆、こっくりとうなずいた。

「鼠を、松木伴内の屋敷に忍びこませてみろ。千両箱を盗るんじゃない。戯作者がこっそり筆仕事をしているか確かめさせるだけだ。造作もないだろう」

「へい、次郎吉に言って、さっそく今夜にでも向かわせます」

章介の発案に、荷吉が歯切れよく応じた。

「さて、小畑九太郎と犬養四郎兵衛だが、猪熊塾《じゅく》の同窓《どうそう》で若年のころからの旧知の仲だった」

三四郎は中断されていた話を再開した。

「その犬養がなにかの拍子に、旧知の小畑が戯作者として巨富を得たことを知った。千駄木の屋敷に蓄財《ちくざい》していることもな。ふたりは親しくて、犬養は以前から小畑の日常を、垣間見ていたのかもしれん」

活舌《かつぜつ》よく話を進めた。

「おそらくは、納戸下に掘った穴蔵だろうが、千両箱を隠してある場所も確かめた。察するに犬養は、井戸で殺された女中を、買収していたのではないかな」

女中を買収していたというのは山勘だが、三四郎はさらに活舌よく進めた。

「千両箱は手つかずで、空き屋敷で眠っている。そう確信した四郎兵衛は、妾宅などと称して隣屋敷を借りた。それで、そのために雇い入れた井戸掘り師の田崎弥次郎を頭株にして、職人たちを屋敷に入れた」

建物の中から桶井筒を埋めこむ工法で掘りはじめ、途中で掘る方向を横に変え、隣屋敷の穴蔵にぶちあたるように掘り進めた。

「わっしらが感じた家鳴りと庭鳴りは、坑道《こうどう》に桶井筒を押しこんでいく揺れだったわけですね」

荷吉が唸るように漏《も》らすと、

「ほなら、三四郎さま。古井戸から泥水が吹きあがってきたのは、あれはなんだったんかいな？」

凡平がこだわる口調で問うてきた。

「わからん、ただ地中に桶井筒と桶井筒を重ねて揉みこんでいく揺れに、同じ桶井筒を使った古井戸の側壁が、木霊《こだま》するように呼応《こおう》して揺れたのかもしれん」

三四郎にしてはめずらしく、怪異なことを口にした。

「それで水が暴れたのかもな。この娑婆《しゃば》では、そんなふっしぎなことも、ありなのかもしれん」

三四郎のでまかせっぽい推量に、

「ほなら、わては濡《ぬ》れ損かいな」

凡平は泣き笑いとなった。

「平賀源内《ひらがげんない》にでも聞けば、そのあたりの説明がつくかもしれんが、とっくに死んでいるしな。そんなことよりも……」

三四郎は本題を続けた。

「松木伴内は、小畑の蓄財をなんとか回収したいと機会を狙《ねら》っていた。ところが植為と大家が、かなり厳重に空き屋敷を戸締まりしているので、忍びこむことができずにいた。それで気を揉んで、ちょこちょこ屋敷の外から、様子をうかがっていたのだ」

「三四郎さま、化け猫騒ぎってのは、あの伴内老人の仕業ですかね」

荷吉が問うと、

「ああ、あの老人は猫好きのようだからな。回収が済むまで、他の有象無象《うぞうむぞう》が空き屋敷に近づかないように、化け猫の噂を流したんだ。飼い猫に紐《ひも》をつけて、魚油をかけた鰯でもくわえさせ、庭に放ったんだろうぜ」

三四郎はくっくっと小腹を揺すって笑った。

「ところで、章介。伴内と四郎兵衛が金を欲している事訳を、念のために調べておいたらどうだ。もっともこれは、町方ではなく目付の領分だろうがな」

そう振ってはおいたが、とっくに見当はついていた。

伴内のことは、魚屋の親仁からも聞きこんでいた。

もう老人なので、倅をよいお役に就けるために、賂をまきたいのだろう。

四郎兵衛のほうはまだ枯れていないので、自分が上に行くための賂をまきたいか、あるいは本当に妾を囲い、別宅をもう一軒、かまえたいのかもしれない。

「たしかに目付の仕事だろうが、俺は俺でお奉行に聞いておく。それから、田崎殺しの下手人探しは俺にまかせろ。田崎弥次郎は町人として死んだのだから、これは町方の受け持ちだ」

強い口調で、章介は釘《くぎ》を刺した。

「荷吉はそのまま貸しておいてやるから、おまえは忌屋敷に這《は》いつくばってくる、もぐらの相手でもしていろ」

そう小憎らしく告げて、章介は重箱の蓋を閉じた。

「これでお開きにしよう。私は、田崎殺しの探索に動かねばならん」

「ご苦労だな。俺はどうせ夜まで暇だ。もぐらは日の光が苦手で、夜にならないと動かんだろうからな」

七幕

夜まで暇だとしつつ、三四郎たちは植為を呼びだし、再度、千駄木の忌屋敷に足を踏み入れた。

家鳴りはしなかった。もうほぼ掘り進め終えたのではないか。

犬養は掘り仕事の終盤になって、手間賃や分け前のことで、頭株の弥次郎といさかいになり、殺めた。

あるいは、口封じか……自然とそんな推量が働いていた。

もぐらとて、そろそろ日の目を見たいだろう。

今日明日あたり、穴蔵の土壁を突き破って、姿を現すのではないか。

板敷きの納戸に入った。皆で床に寝そべり、耳をあてて、とんとんと板敷きを叩いてまわった。

「ここだと思いますよ」

植為が床に耳をあてたまま、確信する口調で言った。

植為と荷吉が床板をはがしにかかると、簡単に外れた。

けっこう広い穴蔵で、急な階段がついており、蠟燭立て《ろうそくた》がいくつも壁にかけられていた。

あった。千両箱が三つ、隅に積みあげられていた。

「よし、上にあげてしまおう」

三四郎の指図で、皆で踏ん張り、三つとも上にあげた。

中身は、小判《こばん》は少なく、市中で使いやすい一分金、一朱金、二朱銀に、小粒と呼ばれる豆板銀などが、混ぜあわさって詰まっていた。

ふたつは満杯、ひとつは少し余裕があった。目分量で二千両ほどか。簡単には運びだせないように、重石《おもし》代わりに石ころまで混ぜてある。

この用心深さが仇になって、惨事があった夜も運びだしを断念したのだろう。

夜になったが、何事も起きなかった。

荷吉の手下や、植為のところの職人も集まってきた。夜具や夜食も持ちこんで、総勢十余人で夜を明かした。

翌日の昼まで、動きはなかった。

昼さがりに、荷吉の手下が来て言った。隣屋敷の夫婦が下僕《げぼく》らしい男を三人伴って、おもむろに姿を現したと。

夕闇《ゆうやみ》が漂ってくるのを待ちかねたように、地下でうごめく気配があった。

「来るぞ」

穴蔵を囲んだ一同は、固唾《かたず》を飲んだ。

家鳴りどころではない、地震のような揺れがして、屋敷中がぐらぐらと揺れた。

穴蔵をのぞきこむと、土壁が崩れ、てんでに鶴嘴《つるはし》や掛け矢を握った犬養四郎兵衛の一味が、穴蔵に転げ出て、こちらを見あげていた。

「最後は家尻切《やじりきり》か。あいにくだったが、お宝はもう俺たちが召しあげたぜ」

家や蔵の壁を破ってくる盗人《ぬすっと》のことを、家尻切という。

三四郎がからかい、

「後戻りで逃げようたって無駄だ。俺の手下がもぐら叩きの鉄槌《かなづち》を持って、上から待ちかまえているからな」

荷吉が脅かすと、

「む、無念じゃ」

犬養は顔面をゆがめながら、その場にへたりこんだ。

「親分、変な爺さんが、こっちの屋敷に忍びこもうとしていましたぜ」

そこに、隣屋敷を見張っていた荷吉の手下ふたりが、小柄な老人の腕を両側からつかんで連れてきた。

「おい、一応は旗本だ。手荒な真似はするな」

三四郎は笑いながら、松木伴内に告げた。

「あとで町方を通じて、ご老体も犬養四郎兵衛と数珠繋《じゅずつな》ぎにして、目付に引き渡す。ふたりとも、これかもしれないぜ」

　拳で腹をかっさばく真似をすると、伴内もその場にへたりこんだ。

　数日後、明神下の貸し座敷屋で部屋を借り、神田川から鰻飯をとって、一件落着の祝いの宴《うたげ》をした。

「おい、章介。今回はおまえがお手柄だったたな」

　三四郎は章介を立てて、幾度も酌をしてやった。

　すでに幕臣の籍からは放逐《ほうちく》されているということで、小畑九太郎の捕縛《ほばく》は章介の手柄となった。

　根津権現で田崎弥次郎を殺めた男についても、浜御殿で四郎兵衛の下僕をしていたごろつきあがりに、すでに目串しを差しているという。

　小畑は所詮、文弱の徒で、町方の詮議を受けると、ひとたまりもなく次々と白状した。

　おおむねは、三四郎が推量していたとおりだった。

　戯作本を読むのが大好きで、趣味が高じて自分でも手慰《てなぐさ》みに書きはじめた。その文才を発見したのは上司の伴内で、双子の弟である談林堂に紹介した。

公儀に睨まれたときは震えあがって筆を折る気になったが、伴内と談林堂の兄弟にそれは惜《お》しいと止められ、兄弟の画策に乗ることにした。

関係の悪化していた妻を、ついでに始末しようと言いだしたのは、九太郎本人であったことも、詮議の末にあきらかになった。

そこを重く咎《とが》められ、小畑には打ち首が申し渡された。

現職の浜御殿添奉行でありながら、蓄財のために不届き至極なおこないを重ねていた犬養四郎兵衛は、元幕臣・田崎弥次郎の暗殺を指示した罪も重く、切腹。

松木伴内はすでに隠居していたので、倅が家禄から百俵を召しあげられたうえ、百日の閉門《へいもん》を言い渡された。

一方で談林堂喜平次については、ひどく重い罪状はなく、淫らな読本を刊行したのは風紀紊乱《ふうきびんらん》にあたるとして、続きものであった禿紫助平源氏のすべての版木を召しあげたうえ、百両の過料が課せられる見こみであるという。

「一応はお奉行に聞いておいたぞ」

返杯をしながら、章介はぶすっと言った。

「自分が浜奉行になるため、賂をまく金を欲していた。四郎兵衛はそう、うそぶいているらしい。『添』の一文字を取るために、道を誤ったわけだ。それからな、松木伴内は次男坊を養子に出して、勘定方の要職に就けるのが夢で、その持参金と運動資金のために、小畑をせっついて書かせていたらしい」

鼠小僧次郎吉が天井裏からのぞきこんできたところによると、小畑は伴内の屋敷の納戸の中に畳を敷かせ、行灯を三つも四つも持ちこんで照らしながら、しこしこと戯作に没頭《ぼっとう》していたという。

「まったく旗本などは、どいつもこいつもくだらん。私は一生、同心でよい。江戸の町民のために、身《み》を粉《こ》にして働くつもりだ」

「そうだよな、どうせ俺たちは一生同心どまりなのだから、仲良くしようぜ」

息巻く章介にまた注いでやると、

「俺たち……同心……」

生真面目な隠密廻り同心は、顔をしかめてそっぽうを向いた。

「ささ、三四郎さま、どうぞおひとつ」

植為と市右衛門がそろって酌をしにきた。

「お約束した鰻飯なのですが、今日のこの宴席をもって最後とするというわけにはまいりませんか」

「三四郎長屋のお家賃のほうは、来月までただでけっこうでございますので」

三四郎と凡平の前に腰を据えて、ふたりは交互に訴えてきた。

忌屋敷と呼ばれた空き屋敷だが、上野寛永寺が貯木場《ちょぼくじょう》に使うということで借り受けてくれることになった。めでたく新たな借り主が見つかったわけである。

千駄木はもともと、寛永寺の寺領の森が広がる村で、寛永寺とその子院が使うための、千駄の薪《まき》がとれるというのが名の由来である。

ところが、寛永寺の貫主《かんじゅ》である上野の宮さまといえば、江戸では将軍と同格であるとされるほど、格式が高い。

その寛永寺から家賃をとるなど恐れがましいということで、雀《すずめ》の涙ほどのものを、貯木場の管理料という名目で、月々支払ってもらうことになったらしい。

「手前どもも、ほとほと弱り果てておるのです」

植為が嘆《なげ》き、

「三四郎さま、凡平さん。こうして鰻ばかり食っていては、身体に毒です。今日で食いおさめということで、なんとかお願いできませんか」

市右衛門が懇願《こんがん》する。

ふたりは揉み手をしながら、いっこうに動こうとはしなかった。

第四話　印地打ち

一幕

師走《しわす》は文字どおり、走りまわるような慌《あわ》ただしさで過ぎていく。

そんな世間の様子を、いたって呑気《のんき》にかまえて眺《なが》めている三四郎と凡平にも、天保四年の正月が来た。

正月ぐらい挨拶《あいさつ》にこいという差紙が、何日か前に岩倉渡月斎から届いていた。

雑煮《ぞうに》も食いたいし、ひょっとしてお年玉が出るかもしれない。

そう皮算用《かわざんよう》したふたりは、白梅《はくばい》が満開の湯島天神の境内《けいだい》を抜け、池之端の渡月庵に足を急がせた。

「めでたいのう、江戸に出てきて四度目の正月じゃ」

狩衣《かりぎぬ》に烏帽子《えぼし》。相変わらず田舎神主のような扮装《なり》をして正月の挨拶を受けた渡月斎は、いたく機嫌がよかった。

「われらも今年こそは、公武御一和のために、粉骨砕身《ふんこつさいしん》、働かねばならぬぞえ」

公武御一和。すなわち朝廷と幕府は仲良くしましょ、という大義を側面から盛りたてるために、三人は京から江戸にくだってきた。

そのための大きな仕事は、まだ果たせてはいないが、江戸の暮らしにも慣れてきた。

そろそろなにかしなければ。そんな漠然《ばくぜん》とした思いは、ずぼらな三四郎にもあった。

「ときに浜松侯《はままつこう》がな、近々老中にのぼるという噂《うわさ》があるのや」

屠蘇《とそ》を祝いながら、渡月斎は真面目くさった顔で切りだした。

浜松侯とは、水野越前守忠邦《えちぜんのかみただくに》のことだ。

「水野さまが老中になるということは、家斉公がご隠居なされて家慶《いえよし》公が十二代将軍となられる日が近いということじゃ。我らも心してかからねばならぬぞえ」

なにを心するのか、皆目《かいもく》見当がつかないが、お年玉を期待する三四郎と凡平は、かしこまって聞き流していた。

「水野さまは倹約《けんやく》老中になるというのが、我が嵐山流の門人である諸侯や幕臣の間での、もっぱらの噂じゃ。贅沢《ぜいたく》嫌いで節約好きという貧乏くさい男で、ありていに言うたら吝嗇《けち》助《すけ》やな。とくに町人が絹物《きぬもの》の衣装を着とるのが、不埒《ふらち》という考えらしい。要は、木綿《もめん》で我慢せいいうことや、かなわんなぁ」

江戸では町人の茶道宗匠《そうしょう》ということで通している渡月斎は、渋い顔をした。

いかにも有力諸侯や役持ちの幕臣を門人に抱え、天下の機密を側聞《そくぶん》しているような口ぶりだが、嵐山流に集《つど》うのは、せいぜいが遠国《おんごく》の小大名の家老か、無役の小旗本ぐらいだ。

「そういうことで、それや」

渡月斎は扇子《せんす》の先で、書院の隅《すみ》に置かれた桐《きり》の衣装箱を指した。

凡平が弾かれたように立ちあがり、衣装箱をささげもった。渡月斎と自分たちの間に置く。

「あかん、あかん」

凡平は首を振った。

「軽い、軽い。大判《おおばん》、小判《こばん》がざっくざくというわけやないようや」

「だろうな」

三四郎も意気消沈した。

「そのほうらは、いったいなにを言うとるのや。いいから開けてみ」

今度は三四郎が手を伸ばして蓋《ふた》を取ると、

「ほっ！」

目を見張った。美麗《びれい》な小袖《こそで》が二枚、丁寧《ていねい》にたたんであった。

「栈留《さんとめ》ですかな、京栈留《きょうさんとめ》」

半分あてずっぽうで言うと、

「そうじゃ。本場の唐栈留《とうさんとめ》に優《まさ》るとも劣《おと》らぬ、西陣《にしじん》におこった京栈留じゃ」

悦にいった口ぶりで、渡月斎は返してきた。

栈留は縞柄《しまがら》の木綿織だが、人気も値段も、羽二重《はぶたえ》や縮緬《ちりめん》などの絹物を、しのいでいるとも言われている。

南蛮渡来《なんばんとらい》の唐栈留と、それを模倣《もほう》した京栈留は、庶民には高嶺《たかね》の花《はな》だ。

「こ、これを、わてらに……お年玉でっか」

大判、小判ではなかったが、凡平はひどく魂消《たまげ》た顔で、うわずった声を出した。

「新年の祝儀や。持って帰ったらええ」

渡月斎は傲然《ごうぜん》と胸を突きだした。

なにかある。

吝嗇《けち》という点では、水野忠邦にもけっして引けはとらない。そんな渡月斎の突然の大盤振る舞いに、三四郎は強い違和感を覚えた。

「ほなら、これでな。いつまでもそのほうらの相手はしとれん。門人衆が集まってきておるのや。まろへの年賀の列が陸続《りくぞく》と、御徒町や黒門町あたりからつながっとるらしいで」

ぬほほほ、と笑って、渡月斎は去った。


書院に取り残された三四郎は、京桟留の縞柄を見つめていた。

桟留は、天竺国《てんじくこく》の聖《セント》トーマス港から船積みされたところから、その名がある。赤や紺《こん》を主体に多彩な色を組みあわせた縦縞《たてじま》で、超高級な船来《はくらい》衣装であった。

船来の唐桟留は、いかんせんお高い。それで京都の西陣が国産に成功し、京桟留と呼ばれたが、これもやはりお高い。

それで近頃では、江戸に近い川越でも模倣されて川唐《かわとう》と呼ばれているが、こちらはいささかお値打ちであった。

「ええ、やっぱり、ええやん」

凡平はさっそく袖を通してみて、はしゃいでいる。

たしかに馬子《まご》にも衣装という言葉では、済まされないものがあった。着て肌合いがよく、見た目も風合いがいい。買って、着て、満足する度合いは、絹物にけっして引けはとらないが、それでいて木綿物なのである。

「お待たせいたしました」

晴れ着姿の佐知子が書院に入ってきた。後ろに、銘々膳《めいめいぜん》を持ったふたりの女中を従えている。三四郎と凡平は、雑煮とおせちでもてなされた。

「いただいた京桟留ですが」

雑煮の椀を置いた三四郎は、桐の衣装箱に手を伸ばした。

「私には分不相応な品ですが、京から届いたのですか？」

「はい。暮れに、宮津屋《みやつや》金兵衛《きんべえ》さんから到来したものです。宮津屋さんは、丹後《たんご》縮緬の老舗《しにせ》問屋とうかがっております」

隠すでもなく、佐知子は答えた。

宮津屋はその名のとおり、丹後国の宮津に本店があるらしい。

「丹後縮緬の問屋から、木綿縞の京桟留が贈られてきたと」

軽く訝《いぶか》しんで小首を曲げた三四郎に、

「はい。宮津屋さんは、これから木綿物に乗りだして力を入れるおつもりだと、お父《もう》さまが申しておられました。これからの世は、絹よりも木綿が主流になるというお見立てのようです」

佐知子はすらすらと口にした。

「そうなのですか。縮緬の総本山のような丹後縮緬の問屋がそう言うのならば、間違いないのでしょうね」

「そういうお考えで、宮津屋さんはそれまでは小さくかまえていた京店《きょうだな》を、河原《かわら》町《ちょう》・今出川《いまでがわ》の目抜きに、大きく広げて移られたとか」

商売の話も、佐知子の口から出ると、なんだかさらさらして聞こえる。

「縮緬と京桟留の双方を、手広く扱うためなのでしょう。その新しいお店の、門出のご挨拶ということで、送ってきたのです」

「そうなのですか」

また同じ言葉が、三四郎の口から出た。

織物の商《あきな》いには明るくないものの、丹後縮緬と京・西陣のお召《めし》縮緬は、全国の需《もとめ》をめぐって争ってきた間柄《あいだがら》だということぐらいは知っている。

「丹後の織物問屋が縮緬だけでなく、木綿縞の桟留でも全国を制覇《せいは》しようというのでしょうかね。そのためにはまず京都で、西陣の京桟留にとってかわるつもりですかね」

「江戸に出てきてみて、わかったのですけれど」

佐知子は小首を傾《かし》げながら言った。

「木綿の縞織物ならば、川越《かわごえ》の川唐もあるし、ほかにも桟留の好敵手となるようなものが、真岡《もおか》とか足利《あしかが》とか関東にはいろいろとあるでしょう。宮津屋さんの思惑どおりにいくものなのでしょうか」

「それはそうと」

三四郎は話題を変えた。

「渡月斎さまは、いたってご機嫌がよいようですが、正月だという以外になにか理由があるのですか？」

「そうでしょう。暮れからずっと機嫌がよいのです。と申しますのも」

佐知子は、何事においても隠しだてなどしない。まっすぐな性分である。

「旧知である参議・橋本実久《はしもとさねひさ》さまが、日光の例幣使《れいへいし》に内定したのですよ。勅使《ちょくし》として四月に関東にくだってこられ、東照宮での奉幣《ほうへい》を済ませたあとに、江戸に立ち寄られるのです」

「ほう、例幣使に」

三四郎の声が、ほんの少しだけうわずった。

毎年四月の徳川家康《とくがわいえやす》公の命日の大祭に、朝廷から日光東照宮に奉幣のために遣《つか》わされてくる勅使を、例幣使という。

奉幣とは、供物《くもつ》である幣帛《へいはく》を神さまに捧げることだ。

例幣使、のひとことには、なんとも言えない微妙な語感があった。

武家の世にあって、公家といえばおしなべて貧乏。とくに中下級の公家は、江戸の貧乏御家人も真っ青になるぐらいの、窮乏《きゅうぼう》生活を強《し》いられていた。

ところがそうした貧乏公家が、ひとたび例幣使の勅使を務めれば、貧乏神はひれ伏して退散し、日光から帰ってみると土倉《どそう》を開業するほど豊かになる……などと、やっかみ半分に言われていた。

土倉とは、おもに京や奈良で使われる古風な言葉で、金貸しとか質屋のことだと思えばいい。

それというのも、例幣使の一行といえば、行く先々の街道筋で、供応《きょうおう》は受け放題で賂《まいない》はせびり放題なのである。

なにせ、天皇さまのご使者である勅使が、神君《しんくん》・家康公の御霊《みたま》を祀《まつ》る東照宮に奉幣するためのご一行である。

無礼《ぶれい》があってはそれこそ一大事と、街道筋の宿場も大名もいたく気を遣う。

結果、勅使だけでなく、そのお供の者らの頭《ず》もめっぽう高くなり、供応も略もせびり放題という図式が、慣例化されてしまっていた。

「お父さまの実家である岩倉家と橋本さまは、家格も同格ですし、京都にいたときから、お付き合いがあったのだとか」

「なるほどね、友あり遠方より来たる、また楽しからずや、というわけやね」

凡平もふんふんとうなずいた。

「勅使である参議さまを江戸に迎えて、お茶会が開かれるらしいのです。その席に嵐山流の宗匠として呼ばれているのだと、お父さまは鼻高々なのです」

娘にとっても喜ばしいことなのだろう。佐知子の頬《ほお》に、うっすらと赤みがさしていた。

佐知子もおせちに箸《はし》をつけて、なごやかに正月の歓談は続いていた。

「ところで宗匠さまは、おせち食べへんのですか?」

凡平がふと漏《も》らすと、

「父は正月から、柳川《やながわ》だの鰻《うなぎ》だのと、味が濃くて精のつきそうなものばかり食べています。おせち料理の田作《たづく》りや叩《たた》き牛蒡《ごぼう》ぐらいは食べたらどうかと勧めても、牛蒡は泥鰌《どじょう》と一緒に食べるにかぎるなどと」

佐知子はため息をついた。

「それと近頃、お父さまは七味唐辛子《しちみとうがらし》に凝《こ》っていて、名代な店から取り寄せては、蕎麦《そば》や柳川に盛大に振りかけて食べているのです」

京都・清水寺参道の七味屋。江戸・両国橋西詰の薬研堀《やげんぼり》・中島徳右衛門《なかじまとくえもん》。信州《しんしゅう》・善光寺《ぜんこうじ》門前の八幡屋礒五郎《やわたやいそごろう》……などなど。

佐知子は指を折って、七味唐辛子屋の名をあげた。

「薬研堀は歩いていけるので、ちょくちょく出かけては、好みの辛さに調合させて買ってくるのです」

微苦笑した佐知子は、曇ってはいるが、どことなく正月らしい瑞気《ずいき》が感じられる庭先に目をやった。

「なにはともあれ、静かでよいお正月ですね」

渡月庵の中は、水を打ったように静謐《せいひつ》であった。門人の来訪も、実のところは数人程度であろう。

「あら、雪が」

佐知子が竹の格子窓を指さした。

「春の名残《なごり》の雪かな」

三四郎は立ちあがって庭先を見た。銭型《ぜにがた》の手水鉢《ちょうずばち》の上に雪が舞いおちて、次々ととけていく。とけるたびに淡い香りが漂ってくるかのように感じた。

ふとなまめいた気配を覚えて向き直ると、佐知子がすぐ前にいて、立って背伸びして庭を見ていた。

「今年も穏やかに過ぎていくとよろしいですね」

佐知子の言葉が、いつになく胸に染みた。

「そうですね。七味唐辛子のような辛《から》い世にならねばよいのですが」

我ながら味気ない返答だと思いつつ、三四郎は佐知子と並んで、露地の飛び石をはらはらと白くしていく淡雪を眺めていた。

二幕

何事もなく時は過ぎて、季節は卯《う》の花の匂《にお》う四月となった。

どちらかといえば冬場の衣装である京桟留を着て歩くと、昼間は汗ばむほどの陽気である。

そんな四月十五日の朝のこと。

今日はひさしぶりに、柳橋の九重で朝昼兼用の飯を食おうと、京桟留を着て腰に帯をまわしていると、めずらしいことに幕張章介が訪ねてきた。

まだ三十路《みそじ》前の若い武士を伴って、章介はずかずかとあがりこんできた。

「おい三四郎、今日はなんの日か知っているか」

「なんだ、藪《やぶ》から棒に」

「今日はな、例幣使の一行が日光東照宮に着いて、奉幣をする日だ」

こっちが答える前に、自分で答えてきた。

「この男はな、私の従弟《いとこ》で佐沼勇作《さぬまゆうさく》という。役目は小人目付だ」

そういえば、顔立ちはどことなく章介に似ていた。一見すると、物堅そうな男で、そういうところも似ているかもしれない。

「不意にお訪ねして恐縮です。小人目付の佐沼です」

勇作はきちっと膝《ひざ》に手を置いて、辞儀を送ってきた。

「俺は近衛同心と自称している八瀬三四郎だけど、なにかあったのかい？　いくら従兄弟同士でも、町同心と小人目付では呉越同舟《ごえつどうしゅう》じゃないか」

若い勇作に好意をいだいた三四郎は、こちらから問いかけてみた。

「あったのだ、どえらいことが出来《しゅったい》したのだ」

横合いから、章介のほうがまくしたてた。

「拙者《せっしゃ》は七日前に、同僚ふたりと江戸を発ち、上州の倉賀野宿《くらがのしゅく》で例幣使のご一行を待っておりました」

勇作が落ち着いた口調で、事情を語りはじめた。

例幣使一行は、四月一日に京都を出発して中仙道を進む。

そして十一日に上州・倉賀野宿から分岐《ぶんき》する例幣使街道に入り、日光を目指す。

「つまりおまえさんたちは、江戸から出向いて、倉賀野宿から例幣使の警護についていた、ということだな？」

「そのとおりです、我々は目付といっても軽輩《けいはい》なので、よくこうした遠国まで出張る仕事に駆りだされるのです」

なにせやんごとないご一行なので、公儀からも警護の人数を出しておこうということらしい。

十一日は上州・玉村宿《たまむらじゆく》で宿泊。十二日の行程は、例幣使街道を進んで野州に入り、八木宿《やぎしゆく》で休憩、その夜は天明宿《てんみようしゆく》で宿泊することになっていたという。

十三日は鹿沼宿《かぬましゅく》、十四日はもう日光まで目前の今市宿《いまいちしゅく》に宿泊。

そして東照宮の春の大祭の初日である本日、めでたく金の御幣《ごへい》を捧げる儀式がおこなわれるということだ。

「少し、まどろっこしいぜ。どえらいことって、いったいなにがあったんだ？」

三四郎が焦《じ》れると、

「待て、待て、少しばかり前ぶりしたほうが、話がわかりやすいのだ」

章介が取り持つように口を入れた。

「三四郎、おまえ、例幣使の供まわりとして、どんな連中が入りこんでいるか、知っているか？」

「それとなくは聞いてる。たかり虫、おねだり虫のような連中ばかりらしいな」

「虫ぐらいなら、まだ可愛げはあるが、そんな生半可《なまはんか》な奴らではないぞ」

章介が口元をゆがめると、勇作が代わって言葉をつないだ。

「一行は五十人ほどですが、勅使の正式な家来は数えるほどです。残りのかなりの部分が、勅使の家に『貸し』のある商人や職人たちなのです」

呉服屋、米屋、魚屋、油屋に、屋敷の修繕をしている大工や左官、等々。

長年、勅使となった貧乏公家からの取り立てに難儀している、それら出入り業者たちが、我も我もと、古着屋や質屋で安物の狩衣や烏帽子を手当てし、勅使の供に化けこんでいるのだという。

無論、ここを先途《せんど》に、日頃の貸しこみを取り戻そうとしてである。

そして、そのために債鬼《さいき》たちは、いくつかの定型化された手法を用《もち》いていた。

「四月十二日の夕刻、八木宿を過ぎたあたりでした。供のなかでも札付きの幾人かが、またぞろ『揺すり』をはじめたのです」

足が痛いと駄々《だだ》をこねてずっと駕籠《かご》に乗っている供のひとりが、八木宿で交代した担ぎ手に『揺すり』を仕掛けた。

担ぎ手が困るように、駕籠を盛大に揺するのである。

揺すられては駕籠を進めることができずに、担ぎ手はほとほと難儀する。

すると、

『物は相談じゃ』

と揺する側は、手のひらを出して、相応の金をむしり取る。

脅《おど》して金品を奪い取ることを強請《ゆす》りというのは、この揺すりから来ている。

担ぎ手は宿場ごとに代わる。そのたびごとに揺すりを繰り返す強欲者もいる。

「もうひとつ、彼奴《きやつ》らは、『ぱたる』という荒業《あらわざ》を使いまする。わざと駕籠から落ちるのでござる」

勇作は顔をしかめながら、その手法の説明をした。

ぱたりと落ちるので、ぱたるというらしい。

おおげさに痛がって見せ、傷養生代《きずようじょうだい》だといって金をむしり取るのである。

ちなみに、旗本などが知行地《ちぎょうち》に出向いて、領民に酒色《しゅしょく》の接待を強催促《こわさいそく》することを、徴《はた》るという。その語源は例幣使のにわか家来どもの、こうした所業からきているのではないか。

「ほんの一例でござる。彼奴めらは、あらゆる機会や手法を使って、沿道《えんどう》の人々にたかり続けます。人間の性悪《せいあく》なりと、思わず考えてしまうほどです」

若い勇作は、憤懣《ふんまん》やるかたないという顔である。

「だがな、三四郎。くだったのだ、天罰がな」

章介はむしろ愉快そうに、頬をゆるめた。

八木宿は旗本領だが、目と鼻の先に足利藩・戸田《とだ》家一万一千石の陣屋があった。足利尊氏《あしかがたかうじ》の故地である足利も、いまは極小藩がおさめていた。

その日は足利藩からも、行列を警護する人数が出ていた。

あたりには夕闇《ゆうやみ》が漂いはじめ、その夜の宿をとる天明宿に急いでいた。なるべく早く宿に着いて、風呂に入って飯を食って寝たい。勇作だけでなく、幕臣と足利藩側は皆、そう思っていたが、橋本家のにわか家来たちが、『揺すり』の次に『ぱたり』をはじめた。

ひとり、ふたりと、駕籠から落ちる者がいる。

「拙者の脇にいた駕籠からも、四十前のにわか家来が、半身を乗りだしてきたのです。黒漆《くろうるし》を塗《ぬ》った紙の烏帽子をかぶっていました」

勇作はそのときの様子を、つとめて平静に語ろうとしていた。

借り物らしく、いかにも安っぽい、いでたちの男であったという。

「そのとき、一陣の風が吹いたのです。はっと気づいたとき、紙烏帽子の男は駕籠から、転がって落ちていました」

舌打ちした勇作が抱き起こそうとしたが、様子がおかしい。胸に耳をあてると、心の蔵が止まって、こと切れていた。

「果然《かぜん》、例幣使街道沿いは大騒ぎとなったのです」

語りながら、さすがに勇作の口調が、少しずつうわずってきた。

「現場にいた誰もが、おかしいと思いました。ぱたりをする連中は慣れたもので、かすり傷ひとつ負《お》わず、ぱたりと落ちるのです。ですがその紙烏帽子は、いともあっけなく、あの世に旅立ってしまったのですから」

足利陣屋からも、すぐさま藩家老や目付が一里足らずの道を駆けつけてきて、勅使やその正式の家臣である家司《けいし》に詫《わ》びた。

足利藩が詫びる筋合いでもないと思うのだが、相手が勅使の一行とあって、とりあえず詫びたのであった。

「ぱたりをしようとした途端に、卒中でも起こしたっちゅうことかな？」

いつの間にか二階からおりてきていた凡平が、そう口をはさんだ。

「それも考えましたが、紙烏帽子は卒中を起こす年まわりではありません」

「誰かに、ぐさりとやられたってことは？」

三四郎の問いに、

「得物《えもの》も見つかりませんし、傷もありません。それに、拙者がそばにいたのです。怪しげな者は、周囲に誰ひとりおりませんでした」

勇作は硬い面持ちで首を振った。

小人目付三人に足利藩の人間も加わり、駕籠のまわりに目を配ったが、ごくありきたりの小石が落ちているぐらいで、とくに怪しむに足るものは見あたらなかった。

なにはともあれ、十五日朝からの例大祭までには、東照宮に参着しなければならない。行列はとりあえず動きだした。

「後日、足利藩がご老中に顚末書《てんまつしょ》を出すことになったのですが、なんと書いてよいのか、ほとほと困っていることでしょう。かく申す我らも、お目付を通じてご老中に書上《かきあげ》を提出せねばなりません。いやはや、なんとしたものか」

勇作は唇を嚙《か》んだ。

三人の小人目付は、立ち話で談合した。

それで勇作がひとり、取り急ぎ江戸に戻って、上司である目付にことの次第を報告し、ふたりは八木宿に残って探索を続けることになった。

事件の解明についてはまったく目鼻がつかないまま、勇作は八木宿をあとにした。

昨日の朝、早馬と早駕籠《はやかご》を乗り継いで江戸に着くと、その背を追ってきたように、ほぼ時を同じくして八木宿からの早飛脚《はやびきゃく》が、勇作の屋敷に着いた。

同僚ふたりからのその書状によると、死んだ紙烏帽子は、西陣織の呉服屋の跡取りで堀川屋《ほりかわや》才太郎《さいたろう》。

揺すりとぱたりについては、そこそこ楽しむ程度で、それほど悪辣《あくらつ》なせびり虫ではなかったという。

橋本家の家司《けいし》の話では、堀川屋は橋本家の古くからの出入り業者であった。そしてご多分に漏れず、橋本家に対し、多額の売掛金があった。

もうひとつわかったことは、八木宿から行列に加わった人足《にんそく》に、ひとりだけ見慣れない顔があったということだった。

勅使の衣装を入れた長持《ながもち》を担いでいたという。

ただ人足の顔ぶれが、なにかの都合で変わることはままあるので、まわりの人間もさほど気にしてはいなかった、とのことだった。

それからその人足の特徴として、手ぬぐいで頬かぶりをしていた。

とはいえ夕刻のことでもあり、周囲にいた人間も、その頬かぶりの顔つきを、はっきり記憶していないという。

「どう思う、三四郎、おまえの見立てはどうだ?」

ない。

章介は性急に問うてきた。

「どうって、屍体《したい》の検死でもできれば、推量も働いてくるだろうが」

いまのところは、怪しいとすればその見慣れない人足。それ以外は言いようがない。

「屍体の特徴については、なにか伝わってきていないのかい？」

三四郎は勇作を見て言った。

「これといった外傷は、やはりないようです。ああ、そういえば……」

なにか思いだしたらしく、勇作は瞬《まばた》きした。

「これは現地で私が気づいたのですが、鼻の下に赤いぶつぶつのようなものがあった気がします。ただ暗かったし、傷なのかどうか、はっきりはしません」

いささか心もとなげに、勇作は言葉をつないだ。

「ほら、疲れが溜《た》まったときなどに、顔にぶつぶつが出ることがあるでしょう、あの手のものなのかもしれないし」

「いずれにせよ、そりゃ、死因になるようなもんではないやろな」

凡平が安直に口を入れてきたが、

「鼻の下か、人中《じんちゅう》だな」

三四郎は気にかかった。人中とは、鼻の下と上唇の間にある縦の溝《みぞ》である。なんとも言えぬ不吉な感じがした。

「悪い予感がするのです」

勇作は思いつめた顔で言った。

「例幣使一行をめぐって、もうひと波乱、あるってことかい。考えすぎじゃないか」

とは発してみたものの、三四郎もまた嫌な予感がしてきた。

「そういえば、岩倉の爺《じい》さまが、供応役の大名が勅使を招いて開く茶会に、茶頭《さどう》として呼ばれていると言っていたな」

三四郎は正月の、渡月庵でのやりとりを思い起こしていた。

「それで勅使の一行というのは、これからどういう予定になっているんだい？」

「はい、明日・十六日に日光を発って、江戸に向かいます。十九日に将軍さまに挨拶したり、上野寛永寺の宮さまに拝謁《はいえつ》したりします。それから復路は、東海道《とうかいどう》で京に戻るのです」

勇作が折り目正しい口ぶりで返答した。

「茶会の日時とかは、俺のほうで確かめておく。そっちも現地から二報、三報があったら、知らせてくれ」

「すぐに知らせる。とにかく江戸でなにかあったら、ことだからな。今回にかぎっては、町方と小人目付と近衛同心が、手を結ぼう」

章介は見かけによらず、けっこう調子のいいことを言い残して、勇作と一緒に腰をあげた。

三幕

この一件は江戸から二十里へだたった、野州八木宿で起きた。

現場に立って屍体の顔を拝んでみたいところだが、行って帰ってくるのに、四、五日はどうしてもかかる。

その間に勅使の一行は江戸を離れ、東海道をのぼりはじめてしまうだろう。

できることからはじめるしかなかった。

三四郎のそれは、太い赤と細い紺や薄鼠《うすねず》などを組みあわせた縦縞。凡平のそれは同じ太さの赤、紺、小豆鼠《あずきねず》などを並べた縦縞。

正月のお年玉でもらった京桟留を身にまとったふたりは、池之端の渡月庵に足を向けた。

「あいにく、出かけているのですよ」

佐知子は含み笑いして応じた。

「お昼を食べがてら七味唐辛子を買いに、両国橋・西詰の薬研堀・中島まで行ってくるのだと。どうせ鰻かお蕎麦でしょうが、お父さまはすっかり、江戸振りの濃い味と辛みの虜《とりこ》になってしまって」

それでも佐知子から、茶会の日時は聞けた。

四月十九日の夕刻から、赤坂《あかさか》・中ノ町《なかのちょう》の結城《ゆうき》藩《はん》・水野家の上屋敷で、開かれるという。

中ノ町は、忠臣蔵《ちゅうしんぐら》で有名になった、雪の別れの南部坂《なんぶざか》の近くだ。

「勅使供応役は結城藩ですか」

下総《しもうさ》結城で一万八千石の小藩である。ふと思った。一件の起きた八木宿とは、下野と下総の違いはあるが、近いといえばごく近い。

あのあたりは、下野、上野《こうずけ》、下総の、三国の端《はし》っこがくっつきあっていて、あたりまえのように国をまたいで人々は行き来している。

「ところで、佐知子さんのお知り合いに、京・西陣の呉服問屋とか、織物問屋とか、そういう人はいませんか？」

　束の間、首を傾げてから、佐知子は返してきた。

「華道のご門人に、糸菱《いとびし》さんという京・室町《むろまち》筋の織物問屋の番頭さんがいます。雄之助《ゆうのすけ》さんとおっしゃって、糸菱の江戸店《えどだな》をまかされているお人です」

　室町筋は京の商いの中心で、糸菱は老舗が軒《のき》を並べる四条《しじょう》室町にあるという。

　佐知子はその場でさらさらと、紹介状を書いてくれた。糸菱の江戸店は、日本《にほん》橋《ばし》に近い呉服町《ごふくちょう》に陣取っていた。

「ついでにうかがいますが、結城藩というのはどんな藩なのです？」

「さぁ、そういうことはお父さまのほうが……」

「そうか、そうですよね。ではまた、出直してきます」

　できれば、渡月斎とは会わずに済ましたかったが、小人目付・佐沼勇作の思いつめた顔を思うと、そうもいかなかった。

　渡月庵を出て糸菱に向かいかけると、拍子がいいのか、悪いのか、広小路のほうから歩いてきた渡月斎と、ばったりと出くわした。

　藍鼠色《あいねずいろ》の宗匠頭巾《そうしょうずきん》をかぶった渡月斎は、

「なにを油を売っておるのや。公武御一和のために、もそっとしっかり働き」

にこりともしないで言い放ってきた。

「これは、ご挨拶ですな」

さすがにむっとしたが、ここはこらえて、不忍池・池畔《ちはん》の掛け茶屋まで、誘った。

「結城藩がどんな藩が聞きたいんか、ありゃ門番やで」

渡月斎は鼻を鳴らして笑った。

「田安門番《たやすもんばん》、竹橋《たけばし》門番、馬場先《ばばさき》門番と、門番ばっかりやらされとる。江戸城諸門の警備は小大名の受け持ちじゃが、それにしても華のない経歴やな」

渋茶をずずっとすすって、まだ悪たれ口を続けた。

「今回の勅使供応役は、門番に比べればよほどありがたいお役目や。客は羽林家《うりんけ》の橋本参議。茶頭は同じく羽林家出身のまろや」

羽林家は大納言まで昇進できる中堅《ちゅうけん》の家格で、全部で六十六家ある。

「水野日向守《ひゅうがのかみ》は、あまりのかたじけなさに涙こぼれる思いと違うか。なにしろ田舎大名やから、茶席で粗相でもしぃへんか、まろのほうは、いまから心配やけどな」

もともと底意地は悪いほうの渡月斎だが、結城藩にはもとから底意でもあるかのような口ぶりであった。

「ところで、西陣の堀川屋という呉服屋を知っていますか？」

「ありふれた名やな。呉服屋だけやなく、酒屋にも菓子屋にもありそうな名や」

扇子で肩をこつこつとやりながら思いだそうとした。

「そやった。橋本さんのところに出入りしとった呉服屋が、堀川屋や。となると、差しずめ、今回の例幣使の一行にも加わっとるんやないか」

例幣使のお供の顔ぶれの実態を、渡月斎も知っているようであった。

「どんな店か、ご存じですか。岩倉家にも出入りしていましたか？」

「知らん。羽林家で家格は同じじゃが、うちは西陣の呉服屋なんぞに、足繁く通ってこられるほどの甲斐性《かいしょう》はないのでな」

堀川屋の倅《せがれ》が、数日前に横死《おうし》を遂《と》げたことは、渡月斎の耳には入っていないのだろう。

ならば、こちらから言うつもりもなかった。

「ときに、薬研堀では、よい唐辛子が買えましたかね」

渡月斎は面相をしかめた。

「飛びっきり辛いのが癖《くせ》になってしもうた。舌が痺《しび》れるほどの辛さでないと、蕎麦も柳川も食うた気ぃがせぇへんのや」

掛け茶屋の前で渡月斎を見送った三四郎と凡平は、ついで呉服町の糸菱を訪ねた。

「よう、おいでくださいました」

帳場に座っていた差配番頭の雄之助が、すぐにふたりを座敷に招き入れて、相手をしてくれた。

「えっ、堀川屋の才太郎さんが、野州で亡くなられたんですか」

江戸言葉で話す雄之助は、うっと息を飲んだ。

「商人としてより、職人として将来を嘱望《しょくぼう》されたお人でした。と言いますのも、このところ西陣で、京桟留を復活させようという動きがありましてな」

唐桟留を模倣した国産の桟留は、西陣で興《おこ》り京桟留と呼ばれた。

ところが四十四年前の天明《てんめい》の大火で、西陣の桟留織の職人たちが各地に散らばってしまった。

結果、尾張《おわり》や美濃《みの》など各地で、木綿の縞織物が盛んに織られるようになり、西陣における京桟留の生産は下火になった。

雄之助は、そんな昔からの経緯《いきさつ》も交えて語ってくれた。

「もう一度、本家本元の京都で京桟留を隆盛《りゅうせい》にしたい。そのために才太郎さんは、欠かせないお人だったのですが」

野州の八木宿の外れで起きた今回の一件だが、なにやら焦《こ》げくさい臭《にお》いが漂ってきたのを三四郎は感じていた。

「ときに、八瀬さまがお召しになっているのは、艶《つや》やかな風合いの桟留縞《さんとめじま》でございますな。まさに絹のような光沢《こうたく》。よくお似合いですが、京桟留でしょう」

三四郎の小袖に目をとめながら、

「ごめんくださいましよ」

雄之助は三四郎の袖に手を伸ばしてきて、その肌触りに目を細めた。

「さすが、お目が高いわ」

凡平はこっちも触ってみろと、自分から手を伸ばした。

「これは、宮津屋という店から到来したもらい物でね。ああ、雄之助さんは宮津屋金兵衛というお人をご存じですかな？」

三四郎が水を向けると、

「宮津屋さんですか」

雄之助は、凡平の袖元に触れていた手をさっと引っこめた。

「お会いしたことはありませんが、お噂は始終、耳に入ります。なかなかのやり手で、丹後の田舎から、六十余州を睨《にら》んで商いを広げておられるとか」

口ぶりからは、かなり露骨な敵意が感じられた。

「丹後縮緬と西陣のお召縮緬は、武田《たけだ》信玄と上杉《うえすぎ》謙信のような間柄だと、聞いたんやけど」

凡平が佐知子から聞いた話を受け売りで口にすると、

「信玄と謙信というよりは、田沼意次《たぬまおきつぐ》さまと松平定信さまの争いに近いでしょうか。金兵衛さんは激しく、ねっとり、西陣を敵視しているお人だと、もっぱらの……あっ、これは手前としたことが」

雄之助は頬に笑みを浮かべなおした。

「茶道と華道の嵐山流とは、かかわりのない話でございました。それにしても宮津屋さんから京桟留が到来するとは、さすがは渡月斎さまと佐知子さまでございます。おふたりの宗匠さまに、よしなにお伝えくださいませ」

そろそろ帰れという意味か、雄之助は馬鹿っ丁寧に頭をさげてみせた。

ほかに行くところもない。

少し遠かったが、赤坂中ノ町の結城藩邸まで足を延ばしてみることにした。

結城藩上屋敷といっても、そこは一万八千石の小藩なので、御三家の屋敷のように、五万坪も十万坪もあるわけではない。

三千五百坪ほどのその屋敷は、周囲を五十二万石の黒田藩《くろだはん》・中屋敷と人吉藩《ひとよしはん》・相良家《さがらけ》の下屋敷に囲まれていた。

「どの辺に茶室があるのかな」

三四郎は、藩邸を取り巻く屋敷塀《やしきべい》を見あげた。藩士たちの住まいである長屋を兼ねる屋敷塀はけっこう高く、藩邸内の様子はうかがいしれない。

「三四郎さま、暗くなったら、とたんに薄ら寒くなってきましたで。茶室で騒動が起きると決まったわけでもなし、小便が降ってこんうちに退散しまひょ」

長屋造りの屋敷塀に住んでいる下級藩士は、風儀の悪い手合いが多く、二階から往来に平気で小便をする。

「近くに茶室があるのかな。季節外れの虎落笛《もがりぶえ》が鳴るのが聞こえる」

竹垣や竹矢来《たけやらい》などに、強い冬の風が吹きつけて鳴らす音を虎落笛という。

三四郎は西の空を仰《あお》いだ。

「子どものころ、よく石合戦をした。八瀬庄の子どもたちは、八瀬川をはさんでふた手に分かれ、石を投げあう戦《いくさ》ごっこをするのだ。ときに大人も加わって、怪我人が出るほど、激しく飛ばしあった」

もともと近畿や西国では、合戦の折に、弓矢ではなく石礫《いしつぶて》を投げあう光景が戦国の世まで見られた。

そこが、弓矢を重視する関東との違いだ。

「本当の戦のようだった。双方、竹矢来など組んでな。冬などは、いざ合戦というときに竹矢来から虎落笛が鳴って、心の臓が高鳴ってきたのを覚えている」

「へぇ〜子どもの戦遊びにしては、なにやら不気味でんな」

凡平が寒々しく両手で襟《えり》を寄せた。

と、ぱきっと音がして、路傍《ろぼう》の松の枝が三四郎の足元に落ちた。

「源八《げんぱち》か……」

にわかに思いあたった名を口にして、三四郎は薄暮《はくぼ》のなかで、あたりに目を凝らした。

四幕

翌四月十六日の昼さがり、章介と勇作から呼びだしの書付が来た。

三四郎と凡平はすぐさま三四郎長屋を出て妻慈坂をおり、明神下の水茶屋に出向いた。

「もうじき、夏なのだな」

店先の長床几《ながしょうぎ》に座った章介が、麦湯《むぎゆ》の椀を置きながらつぶやいた。

神田明神の杜《もり》からは、楽人たちが奏でる調べが聞こえていた。

「ああ、神田祭りに向けた稽古《けいこ》だろう」

三四郎がそう応じて、一同は束の間、お神楽《かぐら》に聞き入った。

「野州八木宿から、第二報の早飛脚がまいりました」

生真面目な勇作が、まず切りだしてきた。

「頬かむりの怪しい男ですが、探索の甲斐《かい》なく行方はつかめないそうです。またその頬かむりのほかには、挙動の怪しい者は、行列の中にも沿道にもいなかったとのことです」

現地での探索の進捗《しんちょく》は、どうも芳《かんば》しくないらしい。

「ただ、その頬かむりと一緒に長持を担いでいた相方の人足が、あれこれ思いだしてくれたようなのです」

長持は太い棹《さお》を金具に通して、ふたりで担いで運ぶ。

頬かむりの担いでいた長持は、殺《あや》められた才太郎の駕籠からは、六間《ろっけん》ほど後ろに位置していた。

四月十二日の夕刻、強欲《ごうよく》な連中がまたぞろ『ぱたり』をはじめた。

行列は止まり、人足たちは、またはじまった、とため息をつきつつ、ひと息入れた。

「相方が言うには、頬かむりは棹を肩に乗せたまま頬かむりを取り、首筋や胸元の汗をぬぐっていた。思いだしたのは、ただそれだけのことなのですが、その頬かむりの手ぬぐいには、二本の紐《ひも》がついていたというのです」

勇作は恥じたように目を伏せた。

「二報目で伝えてきたのは、それだけです。面目《めんもく》ありません」

「まぁまぁ」

うなだれる勇作に、凡平が茶団子《ちゃだんご》を勧めた。

「紐つきの手ぬぐい、いうんは、頬かぶりして顎《あご》の下で結びやすいように、ということやろ。本職の人足は用意がええこっちゃ」

自分も茶団子をぱくつきながら、凡平は感心してみせた。

「二本の紐……解けた、勇作さん、おかげですっかり見通せてきたぞ」

そう告げた三四郎だが、口ぶりは重かった。

「解けたって、どう解けたちゅうわけや。そもそも紐は結ぶもんで、解くもんとちゃうやろ」

凡平は首をひねった。

「解くと結ぶは、裏と表で一体だろう。それより三四郎、はやく種明かしをしろ。例幣使の一行は、奉幣の儀式を終え、日光から江戸に向かいはじめたころだぞ」

章介は気忙《きぜわ》しく迫ってきた。

「種明かしというほどではい。仔細《しさい》は追って話すが、今回の敵は手強いぞ」

面前の神田明神の境内では神楽の調べがやみ、ひゅうひゅうと嘘《うそ》寒い虎落笛の音が鳴っていた。

章介と勇作と別れたふたりは、そのまま道を南にとって、日本橋の方角に歩きはじめた。

呉服町の糸菱に差配番頭を再度、訪ねていくと、雄之助は嫌な顔ひとつせずに、座敷に通してくれた。

三四郎は雄之助と向かいあった。そして、今回の一件についての大まかな絵解きを、岩倉渡月斎がかかわっているかもしれないという部分はのぞいて、雄之助にぶつけてみた。

野心満々の丹後・宮津屋の金兵衛が、これからは木綿縞の隆盛が来ると見越して、京桟留の生産と販路《はんろ》を握ろうと動いていた。

ただ丹後縮緬と長年、鎬《しのぎ》を削《けず》ってきた京西陣にも、京桟留ならこちらが本家本元という意地がある。加えて、成長著《いちじる》しい関東の木綿縞も、京桟留の前に立ちはだかってくるに違いない。

なかでも、結城紬《つむぎ》の全国的な名声を背景にした、結城の木綿縞は、手強《てごわ》い競争相手となる。

そうした矢先に、今年の例幣使の勅使が橋本参議で、江戸での勅使供応役が結城藩主・水野日向守であることを知った宮津屋金兵衛が、例幣使の日光道中を利用した悪謀《あくぼう》の絵を描いた……。

「ありうることだと思います。あの野心と才知のかたまりのような金兵衛さんでしたら」

聞き終えた雄之助は、低く重い声で応じてきた。

「結城木綿とは申しますが、野州の足利が発祥《はっしょう》の地なのです。機場《はたば》も流通にたずさわる商人も、野州の足利、小山《おやま》。それに隣国である総州《そうしゅう》・結城に広く散らばっています。国こそ違え、ひとつ地域なのです」

「そうかい、その足利とはほど近い八木宿で、西陣の京桟留には欠かせない堀川屋の才太郎が亡き者にされた。足利藩と西陣は、大あわてだろうな」

「大あわてでしょうし、例幣使のお供が怪死したとなると、地域にもあれやこれやと、これから甚大《じんだい》な影響が出ます」

雄之助も深く懸念《けねん》する口ぶりだった。

宮津屋金兵衛から発せられる矢弾《やだま》が、これでしまいになるかどうか。

小人目付の佐沼勇作は、次もあると踏んで身構えているが、三四郎もまた、これだけではおさまらないと、いまは確信していた。

金兵衛の魔の手は、次はかならずや結城藩の江戸藩邸に向けられてくる。ひしひしと、そういう予感がする。

そこでの三四郎の大きな懸念は、手段を選ばない金兵衛に、岩倉渡月斎がどこまでかかわっているかだ。

「雄之助さん、いろいろとご教示、かたじけなかったね」

心底から礼を言い、三四郎と凡平は呉服町を去った。

湯島・上野の方角に戻るべく足を急がせた。

勝手口から渡月庵にあがると、人がざわめく気配が伝わってきた。

「お父さまは、いま稽古中なのですよ」

自分も門人たちと花を活けていたらしく、袖が短めの縮緬の色留袖《いろとめそで》を着て、佐知子は書院に入ってきた。

「きれいな縮緬ですね、ひょっとして丹後縮緬ですか？　それとも西陣？」

かまをかけてみると、

「残念ながら、どちらでもありません。これは浜《はま》縮緬といって、江州《ごうしゅう》・長浜産《ながはまさん》です。求めやすいお値段なのですよ」

宮津屋金兵衛から献上された丹後縮緬ではなかったか。そう勘ぐっていた三四郎は、なんだかほっとした。

「今日はお願いしたいことやお聞きしたいことがあり、やってまいりました」

柄にもなく折り目正しく告げると、佐知子は背筋を伸ばしてうなずいた。

「十九日の結城藩邸における茶会についてなのですが」

がらりと襖《ふすま》が開いて、渡月斎が入ってこなければいい……そう念じつつ、言葉をつないだ。

「渡月斎さまを茶頭にという話は、そもそもどこから舞いこんだのですか。私の記憶では、渡月斎さまと橋本参議は、同じ羽林家の家格で旧知とはいえ、格別に懇意《こんい》ではなかったはず。いわんや、結城藩・水野家とも、交際があったとは思えないのですが」

三四郎はまっすぐに問いかけた。

「お父さまから、はっきりと聞いたわけではないのですが」

佐知子は小さく首を傾げて続けた。

「おふたりに差しあげた京栈留が、宮津屋さんから到来したときに、手紙が添えられていました。読みながらお父さまが、橋本さまと結城藩の名をつぶやいておられたので……あるいは、宮津屋さんがかかわっているのかもしれません」

そう答えながら、佐知子は逆に、三四郎の瞳の色をうかがってきた。

「三四郎殿は昨日から、お茶会のことばかりお訊《たず》ねになりますが、茶会の茶頭を務めることに、剣呑《けんのん》なことでもあるのでしょうか？」

佐知子のつぶらな瞳が、揺れている。

「それとも、もしかして、もう剣呑なことにかかわってしまっているのでしょうか？」

「いやいや」

三四郎はいつもの能天気な顔をして、胸元で手を小刻みに振った。

「思わせぶりな問い方をしてしまいましたが、他意はありません。これでも渡月斎さまの配下ですから、聞いておきたかっただけです」

納得のいかない顔をして、佐知子は眼差しに力をこめてきた。

「三四郎殿、お父さまは大丈夫なのですか。本当のことを教えていただけないのなら、お恨みに思いますよ」

「ご心配しなくとも、本当に大丈夫ですよ。私が太鼓判《たいこばん》を押します」

三四郎は、七割方は本気でそう考えていた。渡月斎は金兵衛の悪謀に、浅くはかかわってしまっているが、深くはかかわっていないと。

昨日、会って言葉を交わしたとき、渡月斎は堀川屋才太郎が、八木宿で殺められたことを知らなかった。深くかかわっているのなら、三四郎が才太郎の死を口にしたとき、顔色が変わるなり、逆にこちらを詰問《きつもん》してくるはずだ。

「佐知子さん、もし渡月斎さまが剣呑なことに巻きこまれそうになったり、逆に剣呑なことに首を突っこもうとしたら、私が力尽くでお止めします。このこと、お約束しますから」

そこまで確言すると、佐知子の目が潤《うる》んだ。

「心配なのです。お父さまは、誤解されやすいお人でもありますし」

「ですから、お約束します」

約束するを二度、繰り返すと、佐知子はようやく人心地ついたように水屋に立ち、三四郎と凡平に煎茶《せんちゃ》を淹《い》れてきてくれた。

無垢《むく》な佐知子を心配させてしまったのは気の毒だったが、さらに読めてきた。

中堅の公家にとって、例幣使の勅使に選ばれるのは、大役得である。

選ばれるには選ばれるだけの運動をしたということであり、その運動ための金銀を橋本家のために用立てたのは、宮津屋だったのではないか。

金兵衛の金力が、橋本参議を勅使に押しこんだ。

そして橋本参議は結城藩邸での茶会を望み、茶道には旧知の間柄である嵐山流本家の渡月斎を指名した。

表向きは橋本参議の意向なのだろうが、実態は違うのではと、三四郎は思う。

江戸ではまださして名声を博していない渡月斎の名をあげたのは、旧知の間柄の橋本参議ではなく、金兵衛だったのに違いない。

その金兵衛は渡月斎に、京桟留の小袖を贈り、手紙まで添えている。

金兵衛にしてみれば、渡月斎にさりげなく茶頭に推《お》した恩を売ったつもりなのだろうが、渡月斎はひと筋縄ではいかない。

あの鉄面皮で自分を誤解しきっている宗匠が、果たして恩をこうむったと思っているかどうか。

決して気休めではなく、渡月斎が金兵衛に指図され、結城藩に本気でなにかゆゆしきことを仕掛けるとは考えにくい。

とはいえ、あの因業《いんごう》な渡月斎のことだ。

浅野《あさの》内匠頭《たくみのかみ》に対して、吉良《きら》上野介《こうずけのすけ》がしたような意地悪ぐらいは、考えているかもしれない。

そしてその意地悪がなにかについては、思いあたることがあった。

「佐知子さん、いまのところ渡月斎さまの身に剣呑はありませんが、今後、なにか起きるとすれば、結城藩邸での茶会の席でのことと思われます」

そのひとことで、佐知子のかんばせは、また一瞬にして蒼《あお》ざめた。

「ですので、万が一のときは、渡月斎さまをお守りしますので、当日、お供させていただけるように、私が渡月斎さまにお願いしてもらえませんか」

「お願いしてみます。どういう状況なのかが、わたくしには、はっきりとは見えないのですが」

佐知子はこっくりとうなずいた。

「へへ、わてても全然、はっきりと見えへんのですが、お供させていただきます」

凡平はぺこりと低頭した。

「ときに渡月斎さまは、相変わらず七味唐辛子に凝っておいでなのですか？」

「はい、病膏肓《やまいこうこう》に入るという感じで、散歩のときはかならず懐《ふところ》に、ふたつ三つ入れて出かけるのですよ」

「ほう、外出のときにもですか。ならば、きたる十九日の茶会のときも、懐に忍ばせていかれるのでしょうな」

三四郎はにやりと笑った。

「佐知子さん、もうひとつお願いがあります。こっそりと、渡月斎さまのお持ち物を調べていただきたいのです」

三四郎と凡平は神田川沿いの道を東にくだり、両国広小路の盛り場を抜けて、埋めたて地である薬研堀に至った。

薬研堀・中島をのぞくと、さすがに老舗で、大勢の手代が大勢の客の応対をしていた。

「わてら、池之端の嵐山流本家からの使いできたんですわ。渡月斎宗匠から、いつもと違うて、辛み抜きの七味を買ってこいっちゅう言いつけなんやけど」

打ちあわせたとおりの口上を、凡平は発した。

「えっ！　あの限度なしに極辛好きの、渡月斎宗匠がですか」

年かさの手代が、おおげさに眉《まゆ》をつりあげた。

「そうや、普段は限度があらへん極辛好きやが、さすがに舌が腫《は》れてきたのやないかな」

「そういうことでしたら」

手代はさっそく、唐辛子をはじめとする七種の薬味や調味料を取りあわせはじめた。

この店では、客の好みに合わせて、都度、客の面前で調合して売っているもようだ。そのあたりが人気の秘密なのだろう。

「ほんまに、辛み抜きにできますん？」

凡平が不安そうに聞くと、

「まったく抜きというのは難しいのですが、そこは自家薬籠中《じかやくろうちゅう》の匙加減《さじかげん》というのがございます。辛みの総本山である唐辛子を減らして、他の薬味や調味料を増やして風味をつけます。そうすると、辛みはほどよく抑えられます」

「おい、あんまり赤い唐辛子を減らしすぎて、ぱっと見、七味唐辛子に見えなくなっても困るぞ」

三四郎が口を入れると、

「承知いたしました。そのあたりはうまくやりますので」

手代は手早く調合してくれた。

「ささ、お味見を」

と勧められ、匙から手のひらに落してもらった、特製の七味を舐《な》めてみた。

「うん、まこと辛みがほどよく抑えられている」

「本当やね。ぴりっと辛《かろ》うて、しゃきっとしますわ」

三四郎と凡平は顔を見あわせて、にんまりと笑った。

薬研堀からの帰路、ふたたび渡月庵に寄った。

「やはり、結城藩邸の茶室に、七味唐辛子を持ちこむつもりだったようです」

勝手口に出てきてくれた佐知子が憂《うれ》い眉を寄せた。

「明々後日《しあさって》の茶会に持っていく道具の中に、棗《なつめ》がふたつありました」

棗は抹茶《まっちゃ》を入れておく塗物《ぬりもの》の茶器である。

渡月斎が用意していたのは、黒と茶の漆塗りで、どちらにも岩倉家・笹竜胆《ささりんどう》の紋《もん》が入っていた。

「茶色の棗には、抹茶が入れられていましたが、黒の棗には七味唐辛子、それも息をしただけで咳きこみそうなほど、辛そうなものが」

佐知子は弱ったように目を伏せた。

「では佐知子さん、その極辛の七味唐辛子を、この口や鼻に優しくあつらえたほうに、入れ替えてしまってください」

三四郎は買ってきたばかりのものを、佐知子に託した。

一礼して受け取りながら、佐知子は小声で漏らした。

「結城藩主の水野日向守は総州の小大名で、茶道のさの字も知らん。なので宗匠であるまろが茶頭《さどう》としてわざわざ出向いてやり、田舎大名の代わりに勅使に茶を点《た》ててやるのじゃ……とお父さまは申していたのですが」

気恥ずかしそうに続けた。

「天下人《てんかびと》の茶頭ならば張りあいもあるが、亭主《ていしゅ》が一万石ぽっちの水野風情《ふぜい》では……などと憎まれ口も、口にされるのです」

聞いていて、三四郎は笑いをこらえるのに、いたく苦労した。渡月斎は自分のことを、千利休だとでも思っているのだろうか。

「それにしてもお父さまは、いったいなにを考えているのでしょう。童《わらべ》でもあるまいに」

口惜《くちお》しそうな目で問うてくる佐知子に、

「要するに、悪戯《いたずら》っ子なのです。茶席で亭主である結城藩主に大きなくしゃみをさせて、座を大笑いさせ、おおいに盛りあがりたいのでしょう」

品のいい公家顔……じつは獰猛《どうもう》な土佐犬《とさいぬ》のような顔……で、おほほっなどと扇子を口元にあて、結城藩主の失態《しったい》を嘲《あざ》け笑うつもりに違いない。

悪戯は悪戯だが、ことによると結城藩を揺るがす大事に至る恐れもあった。

藩主・水野日向守が、勅使供応役でありながら茶席で大きなくしゃみを発し、その飛沫《ひまつ》が勅使の膝にでもかかれば、登城停止ぐらいになるのではないか。

ひょっとして、宮津屋金兵衛の息が濃厚《のうこう》にかかっているとすれば、橋本参議は激怒して、供応役の粗相を老中に言いたてるかもしれない。

そうしたら結城藩は、まさか改易《かいえき》までには至らないだろうが、日向守本人は隠居に追いこまれるだろう。

「そんな……いくらなんでもお父さまが、そんな底意地の悪いことを」

渡月斎にも一度、灸《きゅう》を据《す》えなければ。

佐知子の憂い顔を見やりつつ、三四郎はそう思った。

もとから棗に入っていた極辛の七味は、そっくり凡平が譲《ゆず》り受けた。

すでに夕刻が近かった。

茶会は明々後日の夕刻からと聞いている。

三四郎と凡平は、もう一度、結城藩邸周囲の夕闇の景色に目を慣らすべく、赤坂に足を向けた。

歩きながら、会ったことのない宮津屋金兵衛という策謀家の思惑を推察していた。
結城藩を攻撃するための、先鋒《せんぽう》は別にいる。
渡月斎の役割は、おそらくは副次的なものだろう。
京桟留の小袖二枚と勅使供応の茶会に、宗匠として招いたことで恩を売ってお
き、茶室でなにかあったときに、自分たちに都合のいい証言をしてもらおうと考
えているのだ。
ひどく漠然とはしているが、それが三四郎の推察する、金兵衛の思惑であった。
溜池《ためいけ》の池畔からのぼっていくと、結城藩・上屋敷は、暮れなずむ赤坂の台地に
ひっそりとたたずんでいた。
小半刻《こはんとき》ほど周囲を歩き、また小半刻ほど屋敷塀を見あげていた。
と、不意に裏門脇の木戸が開いた。
寒々しい紺木綿の胸から前掛けをさげた、商家の丁稚《でっち》のような男が、大きな風
呂敷を背負って出てきた。
「醬油屋《しょうゆや》の樽拾《たるひろ》いの小僧に化けこんだか。案外、似合っているじゃないか」
三四郎は丁稚《でっち》を見て、せせら笑った。樽拾いは、得意先から空き樽を集めてま
わる役の丁稚だ。

「三四郎か、岩倉の爺ぃの供で、江戸に出てきていると聞いていた。案外と早く出くわしたな」

丁稚身分なのだろうが、その男の年まわりは、三四郎と同年配と見えた。

「偉っそうに、八瀬などと名乗っていると聞いた。片腹痛いぞ」

「ふふっ、野州八木宿でひと働きして、江戸にすっ飛んできて樽拾いか。足や腕のほうが痛いのじゃないか」

さっと三四郎の背に隠れていた凡平が、えっと呻き声をあげた。

「江戸を去れ。それで二度と江戸にも京にも戻ってくるな」

「断る。京の鯖《さば》街道でおまえと別れて以来、俺の道選びは俺が決めてきた。人とは真逆の道行きをな。おっと」

男は口元をすぼめた。

「しゃべりすぎたようだ。だいたい、野州だの八木だのと、なんのことやら皆目わからないな。俺は江戸に出て、赤坂一つ木通りの醤油屋で真面目に奉公しているお店者《たなもの》だ」

「ほう、てっきり、宮津屋の京店に飼われたのかと思っていたがな」

挑発してやったが、動じた様子はなかった。

「なぁ、源八」

三四郎はくだけた口調で言った。

「明々後日の茶会だが、時刻が変わるらしいぞ。夕刻からではなく、昼さがりの明るい時分にはじまるそうだ。薄暮が得意なおまえには、あいにくだったな」

「………」

源八と呼ばれた男は、唇をひん曲げた。

「三四郎よ、人が来る」

酔っているらしい数人連れが、南部坂のほうから近づいてきていた。

「八瀬川の石合戦の決着をつけよう。近いうちにな」

源八はそう言い残すと、すっかりと暮れきった闇の中に溶けていった。

五幕

翌、四月十七日。めずらしく早起きした三四郎と凡平は、上野黒門町にある荷吉の住まいを訪ねた。二階建ての表長屋で、一階では女房が、寛永寺への参詣《さんけい》客目当ての線香屋をやっている。

「要は結城藩・水野さまのお屋敷の、表御殿から茶室にかけての絵図を頭に入れていって、そういうお話ですよね」

「そうなんだ、親分。できたら石灯籠《いしどうろう》の高さとか、萱門《かやもん》の位置とか、茶室の窓の形とか、茶室まわりの様子をできるだけくわしく知りたいのだ」

「承知いたしました。さっそく今夜にでも鼠を動かしますが、もうちくっと、話の裏っかわを聞かせてもらえますかい」

　半身を乗りだしてきた荷吉に、

「少し長くなるが聞いてくれ」

　正月に渡月庵で京桟留の小袖をもらってからの一連を、三四郎はあますところなく荷吉に伝えた。

「おっそろしい男ですね、その宮津屋金兵衛だか銀兵衛だかいうのは」

　荷吉は目を瞬かせた。

「それに、池之端の渡月斎宗匠もよくありませんね。そんな強欲な商人の片棒を担ぐような真似をして」

　荷吉の至極真っ当な苦言に、

「へへ、おかげであっしも三四郎さまも、今年は春先から、京桟留でばしっと決めて町を歩いとるんやけど」

凡平は得意そうに、両袖を伸ばしてみせた。

「三四郎さま、その源八って男との経緯について、もう少し話してみちゃくれませんかい。そのほうが次郎吉の奴にも、忍びこんだときの目のつけどころを、うまく指図してやれそうですから」

願ってくる荷吉に、

「承知した。経緯というより因縁《いんねん》だがな」

三四郎は、彼方《かなた》を見つめるような目をして語りだした。


鹿打《ししう》ち源八。八瀬庄の炭焼き職人の子として産まれた源八は、童のころからそう仇名《あだな》されていた。

印地打《いんじう》ち。すなわち石を投擲《とうてき》して、鳥や獣《けもの》を撃つ達人であった。

京の市街に近いとはいえ、比叡山麓《ろく》の八瀬には鹿や猪《いのしし》などの獣が多い。

源八はとくに鹿打ちが得意で、鹿が活発に動く夕方に八瀬川の河原の茂みに隠れ、浅瀬を渡る群れを狙《ねら》った。

動物の急所とされる眉間《みけん》や人中を狙いうち、一発で動きを止めた。性冷血な男で、小鹿を好んで狙っていた。

「八瀬庄では、悪餓鬼《わるがき》どもがよくふた手に分かれて八瀬川をはさみ、石合戦をした。まぁ、河原での石合戦などは、日本中、どこでも見られる光景なのだろうがな」

三四郎はそこで、ため息をひとつついた。

「源八の放つ石は、飛礫《つぶて》と呼ばれて別格の威力だった。相手側にまわると、鼻柱を折られたり、背中からあおむけに昏倒《こんとう》させられたりした」

八瀬庄では昔からの風習で、石合戦で怪我をしても、互いに傷養生代などは求めないということになっていた。

しかし源八の印地打ちは目にあまると、さすがに騒ぐ者が多くなった。それで以後は、源八は石合戦に加わることを禁じるという、申しあわせとなった。

かといって源八にそのことを告げるのは、後難が恐ろしい。飛礫で狙われでもしたら、災難もいいところだった。

周囲にせがまれ煽《おだ》てられて、同い年だった三四郎が使者の役を務めた。

『そうか、皆、俺のことが憎いのだな』

先年、父親と母親を続けざまに流行病《はやりやまい》で失っていた源八は、炭焼き小屋でひとりで暮らしていた。

『こんなところに未練はない。俺はすぐに八瀬庄を出る』

鹿の肉や毛皮《けがわ》が高く売れるので、源八はけっこう裕福に暮らしていた。

生まれ故郷を離れても、にわかに飢《う》えることもあるまい。

とはいえ、ひとりで故郷を離れるのも、寂しすぎるだろう。

三四郎は源八が仕度を終えるのを待ち、京都と若狭《わかさ》を結ぶ鯖街道に出るところまで見送ることにした。

鯖街道に出ても、なんとなく離れがたく、岩倉村からくだって京に出る道と交わるあたりまでついていった。ただし、ふたりとも無言であったが。

『もうここまででいい』

源八の口調はすっぱりとしていた。

『そうか、ならばここで見送る』

三四郎は立ち止まって、直立した。

源八は遠ざかっていったが、懐に手を入れたのが見えた。

（来る！）

直感がよぎった三四郎は、咄嗟《とっさ》に身をかがめた。その刹那《せつな》、唸《うな》りをあげた飛礫が、頭上をかすめた。

源八は無言で、その背はなお遠ざかっていく。ただその右手は、くるくると白い手ぬぐいを振りまわしていた。


「小人目付の佐沼勇作さんが、八木宿で遭遇した堀川屋才太郎の怪死。手をくだしたのは、長持運びの人足として行列にまぎれこんでいた、鹿打ち源八だったってことですよね。その源八を動かしていたのが、宮津屋金兵衛」

大きくひとつ息を吐いて、荷吉は言葉をつないだ。

「紐のついた手ぬぐいというのが、源八が印地打ちするときに使う、手管《てくだ》というか手妻《てづま》というか、要するに道具ですかい？」

「そのとおりだが、こいつは布なのに、火薬のようにおっそろしい代物《しろもの》でな」

三四郎は、源八が手ぬぐいをどう使って印地打ちをするかを、説明した。

石を包んだ手ぬぐいの、片方の紐は手首に巻きつけ、片方の紐は手のひらで握る。それで肘《ひじ》をくるくるとまわして、捻《ひね》りを利きかせて投擲すると、石は鉄砲玉《てっぽうだま》のように唸りをあげて飛んでいく。

「この手法は、石合戦では禁じ手だった。しかしな、あの男は薄暮にまぎれて使っていたのだ。堀川屋才太郎は近間合いから、急所である鼻の下の人中にまともに食らった」

眉をひそめながら、三四郎は続けた。

「人中に衝撃を受けると、延髄《えんずい》がいかれる。延髄はいかれると呼吸《いき》が止まって、即お陀仏《だぶつ》だと、蘭方《らんぽう》をかじっていた村医者から聞いたことがある」

「三四郎さま、こいつはなんとかしなくちゃなりませんぜ。石鉄砲は始末が悪いや」

荷吉はかちかちと歯を鳴らした。

「俺はいま、考えている。源八が的《まと》にしているのが誰なのかをな。岩倉の爺さまでないことはたしかだが、果たして結城藩主を狙っているのか、それとも勅使の橋本参議なのか……どうも、あとのほうのような気がする」

足利、小山、結城に散在する結城木綿に打撃を与えようとするならば、藩主を亡き者にするよりも、東照大権現・家康公を祀る、日光東照宮に奉幣する勅使が横死したほうが、地域にもたらす混乱は大きいのではないか。

足利ではもうひとり、堀川屋才太郎も死んでいる。

金兵衛というのは、空恐ろしい男だ。いまさらながらそう思った。自分で勅使に仕立てた橋本参議を、殺《あや》めてしまおうというのか。

「そ、そやけど、三四郎さま」

　凡平が口を入れてきた。

「八木宿のときは、凶器の石玉は道端の石ころのなかに、まぎれてしもたのやろ。それで探索は進まへんわけや。けれど今回、屋敷の茶室を狙うたとして、仕留めたあとの石玉は畳の上に転がったままですわ」

「今回はそれでもいいという計算なのだろうな。手ごたえを感じたら、風を食らって姿をくらますつもりだ」

　源八はすでに、飛礫を飛ばす立ち位置と、逃げ道を決めていて、夕刻の結城藩邸の景色に目を慣らそうとしている。三四郎はそう見てとっていた。

「できるならば、前もって一度くらい、夕方あたりに屋敷の中を歩いておきたかったたな」

　ついひとこと、愚痴《ぐち》を漏らすと、

「あれ、茶会の時刻は変更になったと聞いたのやけど……三四郎さまの口から」

　首を傾げる凡平に、

「あれは、源八をとっちらからせてやろうと、でまかせを言っただけだ」

三四郎はくすっと口許をゆるめた。

「今度の一件の流れは、一切合切《いっさいがっさい》、承知しましたぜ」

さっきは怯《おび》えを滲《にじ》ませていた荷吉だが、最後は不敵な笑みを浮かべた。

「要は、印地打ちで藩主の茶室を狙う源八の立ち位置を、推量しておけってことですね。次郎吉には、こってりと念を押しておきます」


翌十七日と、翌々十八日の二日間、三四郎は日頃の不摂生《ふせっせい》でなまった身体と精神に活を入れた。

まずは長屋の畳に端座《たんざ》して、陽が落ちはじめるまで差料《さしりょう》の刃紋《はもん》を見つめていた。

三四郎の差料は光格帝より拝領した奮迅丸《ふんじんまる》である。

刃渡りは二尺二寸二分と、心もとないほど短い。しかし瞬時に近間合《ちかまあ》いに入って対手の喉笛《のどぶえ》を突く、鬼闘流《きとうりゅう》・迫撃《はくげき》の剣を繰りだすには利があった。

夕方からは、小石川伝通院まで二日続けて出張った。

広大な境内の杜は、夕刻からはひとけが少ない。

地擦《じず》り下段に切っ先を向けたまま、瞬時に動いて狙い定めた場所に、身を投げるように入り身していく。

入り身しつつ下段を正眼《せいがん》にあげれば、奮迅丸の切っ先は源八の喉笛を刺す。松の右、灯籠《とうろう》の左、回廊《かいろう》の上～等々。次々と狙う場所を変えて、三四郎は入り身を繰り返した。

これは鬼っ子同士の対決……。

鬼の子孫《しそん》であるとされる八瀬童子たちのなかでも、源八と自分は鬼っ子であった。

たまたま自分は、亡き母からの縁で光格帝の知遇《ちぐう》を得、源八は故郷を離れて流浪《るろう》した。

それが江戸で対峙《たいじ》することになったのだが、勝負を占《うらな》うとすれば、いかに薄暮の薄闇の中に身をとかし、五感を澄ますことができるかにかかっている。

三四郎は、そう思念していた。

四月十九日が来た。

昼前に渡月庵に入った三四郎と凡平は、佐知子の心づくしの茶懐石《ちゃかいせき》の膳を、渡月斎や他の数人の門弟《もんてい》たちと一緒に相伴《しょうばん》した。

誰からともなく、例幣使の一行は前夜、江戸に入り、今日の昼までに将軍家斉や上野の宮さまである舜仁入道親王《しゅんにんにゅうどうしんのう》への挨拶を済まされた、という話が出た。

「今日はいつになく、仕事をする、という顔をしとるな」

三四郎をちらっと見て、渡月斎がめずらしく誉《ほ》めてくれた。二日の間に、三四郎は身体を絞り、頬も幾分、こけていた。

「じゃがその小袖は、ちと華美すぎるのではあらへんか」

三四郎の京桟留をさして、ちくりと難癖をつけてきたが、

「木綿でございますよ、ただの縞木綿」

相手にせずに、笑い飛ばしておいた。


三四郎と凡平のほかに、ふたりの門弟が渡月斎の供についた。

一行は昼さがりの道を、一路、結城藩邸を目指した。

溜池の脇を歩き、坂をのぼって結城藩邸につくと、ちょうど、陽が落ちかけてきた。

鼠小僧次郎吉の語るところによると、小大名の藩邸はどこも似たような造りだという。

玄関から入ると表御殿があって、その先に藩主が日常を過ごす中奥がある。そ

のまた先に、藩主の家族が住む奥向きがあり、たいていは広い庭がついている。

今日の茶会の席となる藩主の茶室は、表御殿と中奥の境にあった。

「さて、橋本さんたちが来るまでに、まだ半刻ほど余裕があるな」

茶室に隣接した水屋に道具類を置いた渡月斎が、ぽつりと言った。

同格であることをことさらに意識して、正客である勅使さまを、さん付けで呼んでいる。

「では、荷物も運び終えましたので、私たちは」

三四郎と凡平がろくに挨拶もせずに水屋を出ていこうとすると、渡月斎はむっと目をむいた。


まだ明るかった。三四郎と凡平は、茶室の周囲をぐるっと二回、まわった。

すでに荷吉を通じて、鼠小僧次郎吉からの見立ても届いていた。

本丸御殿から茶庭に入る露地門がある。

露地門からその先の中門《ちゅうもん》までは、延段《のべだん》という敷石の通路が続き、中門から茶室までは、ほぼまっすぐに飛び石が敷かれている。

中門までの茶庭は樹木があったり廊下がせり出ていたりして、飛礫を飛ばしにくい。

比べて、中門から茶室までは、遮《さえぎ》るものはない。

中門の屋根の上からならば、茶室の半月窓を狙いやすかった。半月窓は大きく、障子《しょうじ》張りであった。

次郎吉の見立ては歯切れがよかった。

茶室を狙うとすれば、ここからしかない、と。

自分の目で確かめてみて、次郎吉の眼力に間違いはないと確信した。

中門の屋根からの角度も塩梅《あんばい》がいい。飛礫はやすやすと障子を破り、橋本参議の座る主客の位置に到達するだろう。

距離はおよそ八間《はちけん》。源八の業前《わざまえ》をもってすれば、飛礫は十中八九、橋本参議の眉間か人中に吸いこまれていくだろう。

「三四郎さま、源八っちゅう男はひねくれ者でっしゃろ。素直におあつらえ向きの場所から、飛礫を投げるやろか」

「俺もそこは懸念だ。だがな、狙うとすれば、やはりここからだ」

三四郎は、中門の茅葺《かやぶ》きの屋根を見あげてつぶやいた。

中門からは、竹垣が左右に伸びていて、茶室と遠ざかるほうに伸びた竹垣は、露地の隅に設けられた腰掛けの袖垣まで続いていた。

その袖垣の蔭《かげ》にひそみながら、三四郎と凡平は夕闇の訪れを待った。

小半刻ほどすると、表御殿で人がぞよめく音がした。勅使一行が到着したのだ。

それから、ほんの一刻も経《た》たぬうちに、

(来た)

気配を感じたときは、狼狽《ろうばい》していた。

中門ではなく、腰掛の裏に繁茂する灌木《かんぼく》が揺れたのだ。

躊躇《ちゅうちょ》なく奮迅丸を抜いた三四郎は、袖垣に足をかけて跳び、灌木の茂みにおりた。

「おおっ!」

謀《はか》られた。茂みの中に横たえられていたのは、両手を縛られて足をばたばたさせている御殿女中であった。

「三四郎さま!」

凡平の悲鳴を背中で聞いた三四郎が振り返ると、中門の茅葺きの屋根に立った源八が、にっと笑いながら、右手で手ぬぐいをまわしていた。

入り身をかけても間に合わない。

「すりゃ!」

三四郎は左手で懐から小刀を抜きとるや、流れるように投げ放った。

「きぃ!」

鋭い切っ先は、源八の伊賀袴《いがばかま》の内側をざりっと裂いた。

身体の振りあいを崩しつつも、蜻蛉《とんぼ》を切って着地した源八は、手ぬぐいを離さないまま、露地門のほうに逃げた。

間合いをとられて振り向かれたら、飛礫が飛んでくるかもしれない。

依然、奮迅丸を地擦り下段に構えたまま、三四郎は腿《もも》をあげて走って追った。

源八の背が、不意に三四郎の視界から消えた。三四郎は闇雲とも言える、下段から擦りあげの一閃《いっせん》を放った。

じりっと頭上で布を裁《た》つ音がして、薄い手ごたえがあった。紫がかった蘇芳色《すおういろ》の飛沫《しぶき》が散って、三四郎の面《おもて》にかかった。

ぶるぶると顔を振って鮮血を振り払うと、猿《ましら》のように高く飛んでいた源八が延段の脇の砂利石の上に落ち、ごろごろと転がりながら向きを変え、ふたたび中門に迫っている姿が見えた。

「待て」

と踏みだした途端、

「痛《つ》う！」

激痛が、足先から全身に走った。

鋭く尖《とが》った菱《ひし》の実だった。源八は転がりながら、撒《ま》き菱していたのだ。

「ふ、不覚……」

刺刀《さすが》で突かれたような痛みが、意思に反して三四郎の動きを止めた。

片膝をついて足の裏から菱の実を抜いて中門を見あげると、ふくらはぎを庇《かば》いながら屋根にのぼった源八が、凄惨《せいさん》な笑みを浮かべつつ、手ぬぐいをまわしはじめた。

その右腕がひねりを利かせて伸びたその刹那、

「これでどうや！」

凡平がやぶれかぶれの投法で、赤い炭団《たどん》のような玉を投げた。

玉が源八の肩に炸裂《さくれつ》して赤い粉が散ったのと、白木綿の手ぬぐいから、飛礫がふたつ飛んだのは、ほとんど同時だった。

「あっ！」

呆然《ぼうぜん》とした三四郎は、飛礫の行方を目で追ったが、一弾は茶室前の沓脱石《くつぬぎいし》にこつんとあたり、もう一弾は、茶室の袖壁にあたって、音もなく落ちた。

「凡平、でかした」

三四郎が誉めそやすと、

「ほへ〜」

全身から力が抜けたように、凡平はその場にへたりこんだ。

「へっくしょん、へっくしょん」

くしゃみを二連発した源八は、

「うぬぬぅ」

目から涙を滲ませながら、憤怒《ふんぬ》の形相《ぎょうそう》を浮かべた。

その刹那、ふたりの武士が疾風迅雷《しっぷうじんらい》のごとく露地門を抜け、延段を駆け抜けて、中門に迫っていた。

「章介、勇作もか」

三四郎は思わず仲間の名を呼んだ。

「とうりゃ！」

同じ気合声を発しながら、ふたりは大上段から中門の左右の柱に、鉈《なた》を振りおろすような袈裟《けさ》斬りを浴びせた。

中門がぐらりと揺れた。

ふくらはぎに傷を負っていた源八は、たまらず屋根から滑り落ちて、砂利石に転がって悶絶《もんぜつ》した。

その喉笛に、痛みを嚙み殺した三四郎が切っ先を突きつけると、いつの間にか腰掛けの脇に来ていた荷吉が駆け寄ってきて、すばやく縄をかけた。

六幕

結城藩邸での茶会の五日後、渡月庵では、佐知子の声かけによる内輪の慰労会《いろうかい》が開かれていた。

「橋本さんも、水野なんたらいう田舎大名も、感服してまろの手前に見入っておった。それで危なっかしい手つきで、喫《きっ》しとったわ」

昼間から杯を重ねて、渡月斎は上機嫌だった。

「何事もなく終わって、ほんになによりでございました」

水野日向守が、渡月斎が点てた茶を喫して、激しく咳《せ》きこんでくしゃみをした……などという椿事《ちんじ》も起きなかったようだ。
七、八人の門弟が居並ぶなかで、佐知子は末席に座っている三四郎と凡平に、さりげないねぎらいの眼差しを向けてきた。
「何事もあるわけがあらへん。まろが橋本さんの顔を立ててな。嵐山流の格に見あわんとわかっとって、小大名の屋敷まで出向いてやったんが、椿事というぐらいや」

相も変わらず自分を誤解している渡月斎は、茶庭で繰り広げられていたことには、なにひとつ気づいていなかった。

「それはそうと橋本さんから聞いたんやが、西陣の堀川屋の倅が、野州八木宿で亡くなったみたいやな。そういえば三四郎、おまえも掛け茶屋で堀川屋の話をしとったな」

「どうでしょう、渡月斎さま」

よい折だと思い、三四郎は弁を振るった。

この際、例幣使勅使が、出入りの商人をにわか家来にして、日光まで連れていく悪弊を断ち切ってはどうか。そう光格上皇に言上してはいただけないかと。

揺すりとぱたりが、街道沿いの人々をどれだけ苦しめているか、慈悲《じひ》深い上皇さまに伝えてほしいと。

「あの者らの、揺すりたかりについては、まろも耳にしないではない」

鬱陶《うっとう》しそうに、渡月斎は続けた。

「とは言うても、そんな下の下の者らの細かい稼ぎなど、わざわざ上皇さまのお耳に入れるものとちゃうやろ。それにや……」

えへんと喉を鳴らして、渡月斎は続けた。

「仮にお耳に入れたとして、こう仰《おお》せられるに決まっとる。貧しい公家たちのためじゃ。人の倫《みち》に外れることかもしれぬが、目をつむってやってたもれ、とな」

決まってはいないと思ったが、三四郎は矛先《ほこさき》を変えることにした。

「ところで渡月斎さま」

今日も京桟留に身を包んだ三四郎は、渡月斎の皺眼《しわまなこ》を見つめた。

「この京桟留を送りつけてきた宮津屋ですが、主《あるじ》の金兵衛から、その後、便《たよ》りでもありましたか？」

「あらへん、あらへん」

手酌《てじゃく》で杯を満たしながら、渡月斎は口元をすぼめた。

「前の書状で、よろしく頼むと言うてきたので、格落ちながら茶頭を務めてやった。それやのに、それから梨《なし》の飛礫じゃ」

「へへ、おっそろしい飛礫が飛んでこぉへんで、よかったですなぁ」

凡平の戯《ざ》れ口《ぐち》に、渡月斎は首をひねった。

「さて、では我らはこれで」

三四郎は佐知子に一礼して、腰を浮かせた。

「三四郎殿、いまお膳がまいりますので」

佐知子はおろおろとしたが、

「ふん、こやつめは、好き勝手に出たり入ったりする。結城藩邸でもそうやった。一張羅《いっちょうら》の京桟留を着て、どこへとでも行くがええわ」

渡月斎は三四郎のことは見ずに、また手酌であおった。

短い言葉のやりとりではあったが、渡月斎と宮津屋との間に、深いかかわりはない。京桟留を送ってきたときに添えられてきた手紙にも、なにかをそそのかすようなことは記してなかったのだろう。

そう見てとった三四郎は凡平を伴い、渡月庵をあとにした。


南に八町ばかり歩いて明神下の神田川に行くと、章介、勇作、荷吉の三人は先着していて、甘酒を飲んでいた。

「三四郎、今日は俺の奢《おご》りだ。お奉行からご褒美金《ほうびきん》が出たからな」

章介は胸をぽんと叩いた。

鹿打ち源八は、縄をかけられると、存外、意気地がなく、石を抱かせたり、梁《はり》から吊《つ》るしたりしなくても、ぺらぺらと吐いた。

勇作の同僚の小人目付と、一緒に長持を担いでいた相方が八木宿から急行してきて、この男が例の頬かぶりに間違いないと、源八の顔を指さして断言していた。

「そいつはありがたい。じつは、大家の市右衛門がついに音《ね》をあげてな。今後、俺と凡平が飲み食いした書出には、いっさい応じるつもりはないと、わざわざここに立ち寄って、店の連中を前に声高《こわだか》にぬかしやがった」

破顔一笑した三四郎は、とりあえず銚子《ちょうし》を十本と、肴《さかな》として肝焼《きもや》きと胡瓜《きゅうり》の浅漬けを頼んだ。

五人でとりあえず献杯《けんぱい》した。大事を終えたあとの酒は、五臓六腑《ごぞうろっぷ》に染み渡る。

「それで、どうなのだ。宮津屋金兵衛にまで迫れそうか？」

問う三四郎に、若い勇作はまだ酔ってもいないのに、目元を赤らめた。

「源八は、はっきりと宮津屋の名を口にしています。ところが、幕閣のお偉方のほうが及び腰なのです」

現場の小人目付たちは、ぜひとも京都と丹後にまで出張って、宮津屋の取り調べを進めたいと、上司である目付に上申《じょうしん》しているし、北の榊原主計頭も、章介を同行させてもよいと、老中に申し出ていた。

「お目付は老中に掛けあったそうなのです。なのにご老中は、公武御一和のためにも、悪戯に事を荒立ててはならぬと、逆にお目付を説諭《せつゆ》したとか」

勇作は悔《くや》しそうに杯を干した。

「公武御一和だと……どっかで聞いた台詞《せりふ》だな」

三四郎は鼻先で笑った。

「公武御一和と、商いを広げるためには手段を選ばない悪党を懲《こ》らしめることと、なんのつながりがある。てんご言うたらあかんな」

三四郎の口からめずらしく上方訛《なま》りが出た。馬鹿を言ったらいかんという意味だ。

「幕閣の正体見たりということだな。榊原のお奉行が耳にしたところによると、京都所司代にも東西の京都町奉行にも、宮津屋がたっぷりと鼻薬を利かせているらしいぞ」

章介は杯を見つめたまま、押し殺した声で言った。

「公武御一和だと……そんなご高説は尻食らえだ。私は悪事を働いた人間をしょっぴく。商人だろうが公家だろうが幕閣だろうが、区別はせん。みんな数珠《じゆず》繋《つな》ぎにしてやる」

「おい、すごい気炎だな。その意気やよしだ」

日頃の鬱屈《うつくつ》が出た章介の背中を、三四郎はぱんぱんと叩いた。

「章介、折を見て一緒に上方に出向こう。この京桟留の礼に、金兵衛に金槌《かなづち》を食らわしてやろうぜ」

三四郎は凡平とふたりで両袖を高くあげ、かっかっと笑った。


例幣使については、岩波文庫『増補幕末百話』篠田鉱造著を参考にしました。

コスミック・時代文庫

三《さん》四《し》郎《ろう》拝《はい》領《りよう》剣《けん》
藩主暗殺を阻止せよ

【著 者】
藤村《ふじむら》与《よ》一郎《いちろう》

【発行者】
杉原葉子

【発 行】
株式会社コスミック出版
〒154-0002 東京都世田谷区下馬 6-15-4
代表　TEL.03(5432)7081
営業　TEL.03(5432)7084
　　　FAX.03(5432)7088
編集　TEL.03(5432)7086
　　　FAX.03(5432)7090

【ホームページ】
http://www.cosmicpub.com/

【振替口座】
00110-8-611382

【印刷／製本】
中央精版印刷株式会社

ISBN978-4-7747-6281-4 C0193